郁达夫

郁达夫　著

夜行者的
哀歌

浙江文艺出版社
Zhejiang Literature & Art Publishing House

图书在版编目（CIP）数据

郁达夫：夜行者的哀歌 / 郁达夫著．—杭州：浙江文艺出版社，2024.6
ISBN 978-7-5339-7518-0

Ⅰ.①郁…　Ⅱ.①郁…　Ⅲ.①散文集—中国—现代　Ⅳ.①I266

中国国家版本馆CIP数据核字（2024）第053114号

统　　筹	王晓乐	封面设计	广　岛
责任编辑	汤明明	封面插画	Stano
责任校对	许红梅	营销编辑	张恩惠
责任印制	吴春娟	数字编辑	姜梦冉　诸婧琦

郁达夫：夜行者的哀歌

郁达夫　著

出版发行	浙江文艺出版社
地　　址	杭州市环城北路177号
邮　　编	310003
电　　话	0571-85176953（总编办） 0571-85152727（市场部）
制　　版	杭州天一图文制作有限公司
印　　刷	杭州富春印务有限公司
开　　本	880毫米×1230毫米　1/32
字　　数	138千字
印　　张	8
插　　页	2
版　　次	2024年6月第1版
印　　次	2024年6月第1次印刷
书　　号	ISBN 978-7-5339-7518-0
定　　价	39.80元

出版说明

　　自五四新文化运动以来，中国文学面目一新。在中西方文化的碰撞与融合中，小说、诗歌、戏剧等文学形式完成蜕变与新生，而散文以其自由自在的天性，踵事增华，其成果蔚为大观。

　　郁达夫认为，较之古代的"文"，现代中国散文有三点特异之处，即"'个人'的发见""内容范围的扩大""人性，社会性，与大自然的调和"（《中国新文学大系·散文二集·导言》）。散文家们兼收并蓄，将万事万物融于一心，"以我手写我口"，取径不同，或叙事、抒情、议论，或写人、描景、状物；风格各异，或蕴藉、洗练、飞扬，或磅礴、绮丽、缜密。就应用而言，以学识、阅历、心境为核心的小品文，以小见大，言近旨远，张扬个人性情；以观察、讽刺、同情为底色的杂文，见微知著，刚柔相济，召唤战斗精神……种种流派，非止一端。

　　为了给当代读者提供一套选目得当、编校精良的散文选本，我们推出"名家散文"系列，从灿若星辰的中国现代散文家中遴选出一批作者，精选其散文创作中的经典作品，结集成册，以飨读者，或可视作对百年现代中国散文的一次阶段性回顾与总结。我们相信，尽管这些作品产生的背景千差万别，但其呈现的智识与感性、追求与希冀，是跨越时空而能与读者共鸣的。我们也相信，经典之所以为经典，因其经得起时间的汰洗，这里的文章，初读，是迎面撞上万千世界，吉光片羽，亦足珍惜；再读，则是与无数智者的重逢，向内发现自己，向外发现众生。

文学的历史同时也是一部语言文字的历史，而汉语的标准化也随着时间的推移不断地演变、更新。五四白话文运动以来，文学语言流动而多变，呈现出丰富和复杂的样貌。文字、词汇、语法的繁芜丛杂背后，是思想文化的多元与活跃，也是作家不同审美取向和个人风格的展现。因此，我们在编辑过程中尽量尊重文章原刊或初版时的面貌，使读者能够感受到语言的时代特色，比如"的""地""底"共存的现象。同时，考虑到读者尤其是学生的阅读需求，我们按当下的规范做了有限度的修订。

编辑出版工作中难免存在不足之处，热忱欢迎广大读者批评指正。

浙江文艺出版社

目 录

我的梦，我的青春！

北国的微音

归航

枯死的青春呀，你大约总再也不能回复到我的身上来了吧！

归　航

　　微寒刺骨的初冬晚上，若在清冷同中世似的故乡小市镇中，吃了晚饭，于未敲二更之先，便与家中的老幼上了楼，将你的身体躺入温暖的被里，呆呆的隔着帐子，注视着你的低小的木桌上的灯光，你必要因听了窗外冷清的街上过路人的歌音和足声而泪落。你因了这灰暗的街上的行人，必要追想到你孩提时候的景象上去。这微寒静寂的晚间的空气，这幽闲落寞的夜行者的哀歌，与你儿童时代所经历的一样，但是睡在楼上薄棉被里，听这哀歌的人的变化却如何了？一想到这里谁能不生起伤感的情来呢？——但是我的此言，是为像我一样的无能力的将近中年的人而说的——

我在日本的郊外夕阳晼晚的山野田间散步的时候，也忽而起了一种同这情怀相像的怀乡的悲感；看看几个日夕谈心的朋友，一个一个的减少下去的时候，我也想把我的迷游生活结束了。

十年久住的这海东的岛国，把我那同玫瑰露似的青春消磨了的这异乡的天地，我虽受了她的凌辱不少，我虽不愿第二次再使她来吻我的脚底，但是因为这厌恶的情太深了，到了将离的时候，倒反而生出了一种不忍与她诀别的心来。啊啊，这柔情一脉，便是千古的伤心种子，人生的悲剧，大约是发芽在此地的吧？

我于未去日本之先，我的高等学校时代的生活背景，也想再去探看一回。我于永久离开这强暴的小国之先，我的迭次失败了的浪漫史的血迹，也想再去揩拭一回。

"轻薄淫荡的异性者呀，你们用了种种柔术想把来弄杀了的他，现在已经化作了仙人，想回到他的须弥故国去了。请你们尽在这里试用你们的手段吧，他将要骑了白鹤，回到他的母亲怀里去了。他回去之后，定将拥挟了霓裳仙子，舞几夜通宵的歌舞，他是再也不来向你们乞怜的了。"

我也想用了微笑，代替了这一段言语，向那些愚弄过我的妇人，告个长别，用以泄泄我的一段幽恨。为了这种种琐碎的原因，我的回国日期竟一天一天的延长了许多的时日。

从家里寄来的款也到了，几个留在东京过夏的朋友为我饯行的席也设了，想去的地方，也差不多去过了，几册爱读的书也买好了，但是要上船的第一天（七月的十五）我又忽而跑上日本邮船公司去，把我的船票改迟了一班，我虽知道在黄海的这面有几个——我只说几个——与我意气相合的朋友在那里等我，但是我这莫名其妙的离情，我这像将死时一样的哀感，究竟教我如何处置呢？我到七月十九的晚上，喝醉了酒，才上了东京的火车，上神户去乘翌日出发的归舟。

二十的早晨从车上走下来的时候，赤色的太阳光线已经将神户市的一大半房屋烧热了。神户市的附近，须磨是风光明媚的海滨村，是三伏中地上避暑的快乐园，当前年须磨寺大祭的晚上，是我与一个不相识的妇人共宿过的地方。依我目下的情怀说来，是不得不再去留一宵宿，叹几声别的，但是回故国的轮船将于午前十点钟开行，我只能在海上与她遥别了。

"妇人呀妇人，但愿你健在，但愿你荣华，我今天是不能来看你了。再会——不……不……永别了……"

须磨的西边是明石，紫式部的同画卷似的文章，蓝苍的海浪，洁白的沙滨，参差雅淡的别庄，别庄内的美人，美人的幽梦……

"明石呀明石！我只能在游仙枕上，远梦到你的青松影里，再来和你的儿女谈多情的韵事了。"

八点半钟上了船，照管行李，整理舱位，足足忙了两个钟头；船的前后铁索响的时候，铜锣报知将开船的时候，我的十年中积下来的对日本的愤恨与悲哀，不由得化作了数行冰冷的清泪，把海湾一带的风景，染成了模糊像梦里的江山。

"啊啊，日本呀！世界一等强国的日本呀！国民比我们矮小，野心比我们强烈的日本呀！我去之后，你的海岸大约依旧是风光明媚，你的儿女大约依旧是荒淫无忌地过去的。天色的苍茫，海洋的浩荡，大约总不至因我之去而稍生变更的。我的同胞的青年，大约仍旧要上你这里来，继续了我的运命，受你的欺辱的。但是我的青春，我的在你这无情的地上化费了的青春！啊啊，枯死的青春呀，你大约总再也不能回复到我的身上来了吧！"

二十一日的早晨，我还在三等舱里做梦的时候，同舱的鲁君就跳到我的枕边上来说："到了到了！到门司了！你起来同我们上门司去吧！"

我乘的这只船，是经过门司不经过长崎的，所以门司，便是中途停泊的最后的海港；我的从昨日酝酿成的那种伤感的情怀，听了门司两字，又在我的胸中复活了起来。一只手擦着眼睛，一只手捏了牙刷，我就跟了鲁君走出舱来。淡蓝的天色，已经被赤热的太阳光线笼罩了东方半角。平静无波的海上，贯流着一种夏天早晨特有的清新的空气。船的左右岸有几堆同青螺似的小岛，受了朝阳的照耀，映出了一种浓润的绿色。前面去左船舷不远的地方有一条翠绿的横山，山上有两株无线电报的电杆，突出在碧落的背景里；这电杆下就是门司港市了。船又行进了三五十分钟，回到那横山正面的时候，我只见无数的人家，无数的工厂烟囱，无数的船舶和桅杆，纵横错落的浮映在天水中间的太阳光线里，船已经到了门司了。

门司是此次我的脚所践踏的最后的日本土地，上海虽然有日本的居民，天津汉口杭州虽然有日本的租界，但是日本的本土，怕今后与我便无缘分了。因为日本是我所最厌恶的土地，所以今后大约我总不至于再来的。因为我是无产阶级的一介分子，所以将来大约我总不至坐在赴美国的船上，再向神户横滨来泊船的。所以我可以说门司便是此次我的脚所践踏的最后的日本土地了。

我因为想深深的尝一尝这最后的伤感的离情，所以衣服也不换，面也不洗，等船一停下，便一个人跳上了一只来迎德国人的小汽船，跑上岸上去了。小汽船的速力，在海上振动了周围清新的空气，我立在船头上觉得一种微风同妇人的气息似的吹上了我的面来。蓝碧的海面上，被那小汽船冲起了一层波浪，汽船过处，现出了一片银白的浪花，在那里反射着朝日。

在门司海关码头上岸之后，我觉得射在灰白干燥的陆地路上的阳光，几乎要使我头晕；在海上不感得的一种闷人的热气，一步一步的逼上我的面来，我觉得我的鼻上有几颗珍珠似的汗珠滚出来了；我穿过了门司车站的前庭，便走进狭小的锦町街上去。我想永久将去日本之先，不得不买一点什么东西，作作纪念，所以在街上走了一回，我就踏进了一家书店。新刊的杂志有许多陈列在那里，我因为不想买日本诸作家的作品，来培养我的创作能力，所以便走近里面的洋书架去。小泉八云①Lafcadio Hearn 的著作，Modern Library 的丛书占了书架的一大部分，我细细的看了一遍，觉得与我这时候的心境最适合的书还是去年新出版的 John Paris② 的那本 *Kimono*（日本衣服之名）。

我将要去日本了，我在沦亡的故国山中，万一同老人

---

① 小泉八云（1850—1904），爱尔兰裔日本作家，原名拉夫卡迪奥·赫恩，其主要作品有《怪谈》《来自东方》等。

② 福兰克·艾希顿-格瓦金（1889—1976），英国外交官，曾以约翰·帕利斯为笔名，出版小说。

追怀及少年时代的情人一般，有追思到日本的风物的时候，那时候我就可拿出几本描写日本的风俗人情的书来赏玩。这书若是日本人所著，他的描写，必至过于真确，那时候我的追寻远地的梦幻心境，倒反要被那真实粗暴的形相所打破。我在那时候若要在沙上建筑屜楼，若要从梦里追寻生活，非要读读朦胧奇特、富有异国情调的，那些描写月下的江山，追怀远地的情事的书类不可；从此看来，这 *Kimono* 便是与这境状最适合的书了，我心里想了一遍，就把 *Kimono* 买了。从书店出来又在狭小的街上的暑热的太阳光里走了一段，我就忍了热从锦町三丁目走上幸町的通里山的街上去。幸町是三弦酒肉的巢窟，是红粉胭脂的堆栈，今天正好像是大扫除的日子，那些调和性欲，忠诚于她们的天职的妓女，都裸了雪样的洁白，风样的柔嫩的身体，在那里打扫，啊啊，这日本的最美的春景，我今天看后，怕也不能多看了。

我在一家姓安东的妓家门前站了一忽，同饥狼似的饱看了一回烂熟的肉体，便又走下幸町的街路，折回到了港口。路上的灰尘和太阳的光线，逼迫我的身体，致我不得不向咖啡店去休息一场；我在去码头不远的一家下等的酒店坐下的时候，身体也真疲劳极了。

喝了一大瓶啤酒，吃了几碗日本固有的菜，我觉得我的消沉的心里，也生了一点兴致出来，便想尽我所有的金钱，上妓家去瞎闹一场；但拿出表来一看，已经过十二点了，船是午后二点钟就要拔锚的。

我出了酒店，手里拿了一本*Kimono*，在街上走了两步，就把游荡的邪心改过，到浴场去洗了一个澡，因以涤尽了十几年来，堆叠在我这微躯上的日本的灰尘与恶土。

上船的时候，已经是午后一点半了。三十分后开船的时候，我和许多去日本的中国人和日本人立在三等舱外甲板上的太阳影里看最后的日本的陆地。门司的人家远去了，工场的烟囱也看不清楚了，近海岸的无人绿岛也一个一个的少下去了，我正在出神的时候，忽听一等舱的船楼上有清脆的妇人声在那里说话；我抬起头来一看，见有一个年约十八九的中西杂种的少女，立在船楼的栏杆边上，在那里和一个红脸肥胖的下劣西洋人说话。那少女皮肤带着浅黑色，眼睛凹在鼻梁的两边，鼻尖高得很，瞳人带些微黄，但仍是黑色；头发用烙铁烫过，有一圈珍珠，戴在蓬蓬的发下。她穿的是黄白薄绸的一件西洋的夏天女服，双袖短得很，她若把手与肩胛平张起来，你从袖口能看得出她腋下的黑影，和胸前的乳头来。她的颈项下的前后又裸着两块可爱的黄黑色的肥肉。下面穿的是一条短短的围裙，她的瘦长的两条脚露出在鱼白的湖绉裙下。从玄色的丝袜里蒸发出来的她的下体的香味，我好像也闻得出来的样子。看看她那微笑的短短的面貌，和一排洁白的牙齿，我恨不得拿出一把手枪来，把那同禽兽似的西洋人击杀了。

"年轻的少女呀，我的半同胞呀！你母亲已经为他们异类的禽兽玷污了，你切不可再与他们接近才好呢！我并不想你，我并不在这里贪你的姿色；但是，但是像你这样的美人，万一被他们同野兽一样的西洋人蹂躏了去，教我如何能堪呢！你那柔软黄黑的肉体被那肥胖和雄猪似的洋人压着的光景，我便在想象的时候，也觉得眼睛里要喷出火来。少女呀少女！我并不要你爱我，我并不要你和我同梦。我只求你别把你的身体送给异类的外人去享乐就对了。我们中国也有美男子，我们中国也有同黑人一样强壮的伟男子，我们中国也有几千万几万万家财的富翁，你何必要接近外国人呢！啊啊，中国可亡，但是中国的女子是不可被他们外国人强奸去的。少女呀少女！你听了我的这哀愿吧!"

我的眼睛呆呆的在那里看守她那颧骨微突嘴巴狭小的面貌，我的心里同跪在圣母马利亚像前面的旧教徒一样，尽在那里念这些祈祷。感伤的情怀，一时征服了我的全体，我觉得眼睛里酸热起来，她的面貌，就好像有一层Veil①

———————————

① 译为：面纱。

罩着的样子，也渐渐的朦胧起来了。

海上的景物也变了。近处的小岛完全失去了影子，空旷的海面上，映着了夕照，远远里浮出了几处同眉黛似的青山；我在甲板上立得不耐烦起来，就一声也不响，低了头，回到了舱里。

太阳在西方海面上沉没了下去，灰黑的夜阴从大海的四角里聚集了拢来，我吃完了晚饭，仍复回到甲板上来，立在那少女立过的楼底直下。我仰起头来看看她立过的地方，心里就觉得悲哀起来，前次的纯洁的心情，早已不复在了，我心里只暗暗地想：

"我的头上那一块板，就是她曾经立过的地方。啊啊，要是她能爱我，就教我用无论什么方法去使她快乐，我也愿意的。啊啊，所罗门当日的荣华，比到纯洁的少女的爱情，只值得什么？事也不难，她立在我头上板上的时候，我只须用一点奇术，把我的头一寸一寸的伸长起来，钻过船板去就对了。"

想到了这里，我倒感着了一种滑稽的快感；但看看船外灰黑的夜阴，我觉得我的心境也同白日的光明一样，一点一点被黑暗腐蚀了。

我今后的黑暗的前程，也想起来了。我的先辈回国之后，受了故国社会的虐待，投海自尽的一段哀史，也想起来了。

"我在那无情的岛国上，受了十几年的苦，若回到故国之后，仍不得不受社会的虐待，教我如何是好呢！日本的少女轻侮我，欺骗我时，我还可以说'我是为人在客'，若故国的少女，也同日本妇人一样的欺辱我的时候，我更有什么话说呢！你看那Euroasian不是已在那里轻侮我了么？她不是已经不承认我的存在了么？唉，唉，唉，唉，我错了，我错了。我是不该回国来的。一样的被人虐待，与其受故国同胞的欺辱，倒还不如受他国人的欺辱更好自家宽慰些。"

我走近船舷，向后面我所别来的国土一看，只见得一条黑线，隐隐的浮在东方的苍茫夜色里。我心里只叫着说：

"日本呀日本，我去了。我死了也不再回到你这里来了。但是，但是我受了故国社会的压迫，不得不自杀的时候，最后浮上我的脑子里来的，怕就是你这岛国哩！Avé Japon！我的前途正黑暗得很呀！"

　　　　一九二二，七月二十六日，上海。

小春天气

一

与笔砚疏远以后，好像是经过了不少时日的样子。我近来对于时间的观念，一点儿也没有了。总之案头堆着的从南边来的两三封问我何以老不写信的家信，可以作我久疏笔砚的明证。所以从头计算起来，大约自我发表最后的一篇整个儿的文字到现在，总已有一年以上，而自我的右手五指，抛离纸笔以来，至少也得有两三个月的光景。以天地之悠悠，而来较量这一年或三个月的时间，大约总不过似骆驼身上的半截毫毛；但是由先天不足，后天亏损——这是我们中国医生常说的话，我这样的用在这里，请大家不要笑我——的我说来，渺焉一身，寄住在这北风凉冷的皇城人海中间受尽了种种欺凌侮辱，竟能安然无事的经过这么长的一段时间，却是一种摩西以后的最大奇迹。

回想起来这一年的岁月，实在是悠长得很呀！绵绵钟鼓初长的秋夜，我当众人睡尽的中宵，一个人在六尺方的卧房里踏来踏去，想想我的女人，想想我的朋友，想想我的暗淡的前途，曾经熏烧了多少支的短长烟卷？睡不着的时候，我一个人拿了蜡烛幽脚幽手的跑上厨房去烧些风鸡糟鸭来下酒的事情，也不止三次五次。而由现在回顾当时，那时候初到北京后的这种不安焦躁的神情，却只似儿时的一场噩梦，相去好像已经有十几年的样子，你说这一年的岁月对我是长也不长？

这分外的觉得岁月悠长的事情，不仅是意识上的问题，实际上这一年来我的肉体精神两方面，都印上了这人家以为很短而在我却是很长的时间的烙印。去年十月在黄浦江头送我上船的几位可怜的朋友，若在今年此刻，和我相遇于途中，大约他们看见了我，总只是轻轻的送我一瞥，必定会仍复不改常态地向前走去的。（虽则我的心里在私心默祷，使我遇见了他们，不要也不认识他们！）

这一年的中间，我的衰老的气象，实在是太急速的侵袭到了，急速的，真真是很急速的。"白发三千丈"一流的夸张的比喻，我们暂且不去用它，就减之又减的打一个折扣来说吧，我在这一年中间，至少也的的确确的长了十岁年纪。牙齿也掉了，记忆力也消退了，对镜子剃削胡髭的早晨，每天都要很惊异地往后看一看，以为镜子里反映出来的，是别一个站在我后面的没有到四十岁的半老人。腰间的皮带，尽是一个窟窿一个窟窿的往里缩，后来现成的孔儿不够，却不得不重用钻子来新开，现在已经开到第二个了。最使我伤心的，是当人家欺凌我侮辱我的时节，往日很容易起来的那一种愤激之情，现在怎么也鼓励不起来。非但如此，当我觉得受了最大的侮辱的时候，不晓从何处来的一种滑稽的感想，老要使我作会心的微笑。不消说年青时候的种种妄想，早已消磨得干干净净，现在我连自家的女人小孩的生存，和家中老母的健否等问题都想不起来；有时候上街去雇得着车，坐在车上，只想车夫走往向阳的地方去——因为我现在忽而怕起冷来了——慢一点儿走，好使我饱看些街上来往的行人，和组成现代的大同世界的形形色色。看倦了，走倦了，跑回家来，只想弄一点美味的东西吃吃，并且一边吃，一边还要想出如何能够使这些美味的东西吃下去不会饱胀的方法来，因为我的牙齿不好，消化不良，美味的东西，老怕不能一天到晚不间断的吃过去。

二

现在我们在这里所享有的，是一年中间最好不过的十月。江北江南，正是小春的时候。况且世界又是大同，东洋车，牛车，马车上，一闪一闪的在微风里飘荡的，都是些除五色旗外的世界各国的旗子。天色苍苍，又高又远，不但我们大家醑歌笑舞的声音，达不到天听，就是我们的哀号狂泣，也和耶和华的耳朵，隔着蓬山几千万叠。生逢这样的太平盛世，依理我也应该向长安的落日，遥进一杯祝颂南山的寿酒，但不晓怎么的，我自昨天以来，明镜似的心里，又忽而起了一层翳障。

仰起头来看看青天，空气澄清得怖人；各处散射在那里的阳光，又好像要对我说一句什么可怕的话，但是因为爱我怜我的缘故，不敢马上说出来的样子。脚底下铺着扫不尽的落叶，忽而索落索落的响了一声，待我低下头来，向发出声音来的地方望去，又看不出什么动静来了，这大约是我们庭后的那一棵槐树，又摆脱了一叶负担了吧。正是午前十点钟的光景，家里的人，都出去了，我因为孤伶仃一个人在屋里坐不住，所以才踱到院子里来的，然而在院子里站了一忽，也觉得没有什么意思，昨晚来的那一点小小的忧郁，仍复笼罩在我的心上。

当半年前，每天只是忧郁的连续的时候，倒反而有一种余裕来享乐这一种忧郁，现在连快乐也享受不了的我的脆弱的身心，忽而沾染了这一层虽则是很淡很淡，但也好像是很深的隐忧，只觉得坐立都是不安。没有方法，我就把香烟连续的吸了好几支。

是神明的摄理呢？还是我的星命的佳会？正在这无可奈何的时候，门铃儿响了。小朋友G君，背了水彩画具架进来说：

"达夫，我想去郊外写生，你也同我去郊外走走吧！"

G君年纪不满二十，是一位很活泼的青年画家，因为我也很喜欢看画，所以他老上我这里来和我讲些关于作画的事情。据他说："今天天气太好，坐在家里，太对大自然不起，还是出去走走的好。"我换了衣服，一边和他走出门来，一边告诉门房"中饭不来吃，叫大家不要等我"的时候，心里所感得的喜悦，怎么也形容不出来。

三

本来是没有一定目的地的我们，到了路上，自然而然的走向西去，出了平则门。阳光不问城内城外，一例的很丰富的洒在那里。城门附近的小摊儿上，在那里摊开花生来的小贩，大约是因为他穿着的那件宽大的夹袄的原因吧，觉得也反映着一味秋气。茶馆里的茶客，和路上来往的行人，在这样和煦的太阳光里，面上总脱不了一副贫陋的颜色；我看看这些人的样子，心里又有点不舒服起来，所以就叫G君避开城外的大街沿城折往北去。夏天常来的这城下长堤上，今天来往的大车特别的少。道旁的杨柳，颜色也变了，影子也疏了。城河里的浅水，依旧映着晴空，反射着日光，实际上和夏天并没有什么区别，但我觉得总有一种寂寥的感觉，浮在水面。抬头看看对岸，远近一排半凋的林木，纵横交错的列在空中。大地的颜色，也不似夏日的茏葱，地上的浅草都已枯尽，带起浅黄色来了。法国教堂的屋顶，也好像失了势力似的，在半凋的树林中孤立在那里。与夏天一样的，只有一排西山连亘的峰峦。大约是今天空气格外澄鲜的缘故吧，这排明褐色的屏障，觉得是近得多了，的确比平时近得多了。此外弥漫在空际的，只有明蓝澄洁的空气，悠久广大的天空和饱满的阳光，和暖的阳光。隔岸堤上，忽而走出了两个着灰色制服的兵来。他们拖了两个斜短的影子，默默的在向南行走。我见了他们，想起了前几天平则门外的抢劫的事情，所以就对G君说：

"我看这里太辽阔，取不下景来，我们还是进城去吧！上小馆子去吃了午饭再说。"

G君踏来踏去的看了一会，对我笑着说：

"近来不晓怎么的，有一种莫名其妙的神秘的灵感，常常闪现在我的脑里。今天是不成了，没有带颜料和油画的家伙来。"

他说着用手向远处教堂一指，同时又接着说：

"几时我想画画教堂里的宗教画看。"

"那好得很啊！"

猫猫虎虎的这样回答了一句，我就转换方向，慢慢的走回到城里来了。落后了几步，他也背着画具，慢慢的跟我走来。

四

喝了两斤黄酒，吃得满满的一腹。我和G君坐在洋车上，被拉往陶然亭去的时候，太阳已经打斜了。本来是有点醉意，又被午后的阳光一烘，我坐在车上，眼睛觉得渐渐的朦胧了起来。洋车走尽了粉房琉璃街，过了几处高低不平的新开地，交入南下洼旷野的时候，我向右边一望，只见几列鳞鳞的屋瓦，半隐半现的在西边一带的疏林里跳跃。天色依旧是苍苍无底，旷野里的杂粮，也已割尽，四面望去，只是洪水似的午后的阳光，和远远躺在阳光里的矮小的坛殿城池。我张了一张睡眼，向周围望了一圈，忽笑向G君说：

"'秋气满天地，胡为君远行'，这两句唐诗真有意思，要是今天是你去法国的日子，我在这里饯你的行，那么再比这两句诗适当的句子怕是没有了，哈哈……"

只喝了半小杯酒，脸上已涨得潮红的G君也笑着对我说：

"唐诗不是这样的两句，你记错了吧！"

两人在车上笑说着，洋车已经走入了陶然亭近边的芦花丛里，一片灰白的毫芒，无风也自己在那里作浪。西边天际有几点青山隐隐，好像在那里笑着对我们点头。下车的时候，我觉得支持不住了，就对G君说：

"我想上陶然亭去睡一觉，你在这里画吧！现在总不过两点多钟，我睡醒了再来找你。"

五

陶然亭的听差来摇我醒来的时候，西窗上已经射满了红色的残阳。我洗了手脸，喝了二碗清茶，从东面的台阶上下来，看见陶然亭的黑影，已经越过了东边的道路，遮满了一大块道路东面的芦花水地。往北走去，只见前后左右，尽是茫茫一片的白色芦花。西北抱冰堂一角，扩张着阴影，西侧面的高处，满挂了夕阳最后的余光，在那里催促农民的息作。穿过了香冢鹦鹉冢的土堆的东面，在一条浅水和墓地的中间，我远远认出了G君的侧面朝着斜阳的影子。从芦花铺满的野路上将走近G君背后的时候，我忽而气也吐不出来，向西的瞪目呆住了。这样伟大的，这样迷人的落日的远景，我却从来没有看见过。太阳离山，大约不过盈尺的光景，点点的遥山，淡得比春初的嫩草还要虚无缥缈。监狱里的一架高亭，突出在许多有谐调的树林的枝干高头。芦根的浅水，满浮着芦花的绒穗，也不像积绒，也不像银河。芦萍开处，忽映出一道细狭而金赤的阳光，高冲牛斗。同是在这反光里飞堕的几簇芦绒，半边是红，半边是白。我向西呆看了几分钟，又回头向东北三面环眺了几分钟，忽而把什么都忘掉了，连我自家的身体都忘掉了。

上前走了几步，在灰暗中我看见G君的两手，正在忙动。我叫了一声，G君头也不朝转来，很急促的对我说：

"你来，你来，来看我的杰作！"

我走近前去一看，他画架上，悬在那里，正在上色的，并不是夕阳，也不是芦花，画的中间，向右斜曲的，却是一条颜色很沉滞的大道。道旁是一处阴森的墓地，墓地的背后，有许多灰黑凋残的古木横叉在空间。枯木林中，半弯下弦的残月，刚升起来，冰冷的月光，模糊隐约的照出了一只停在墓地树枝上的猫头鹰的半身。颜色虽则还没有上全，然而一道逼人的冷气，却从这幅未完的画面直向观者的脸上喷来。我蹙紧了眉峰，对这画面静看了几分钟，抬起头来正想说话的时候，觉得太阳已经完全下山了，四面的薄暮的光景也比一刻前促迫了。尤其使我惊恐的，是我抬起头来的时候，在我们的西北的墓地里，也有一个很淡很淡的黑影，动了一动。我默默的停了一会，惊心定后，再朝转头来看东边天上的时候，却见了一痕初五六的新月，悬挂在空中。又停了一会，把惊恐之心，按捺了下去，我才慢慢的对G君说：

"这一张小画，的确是你的杰作，未完的杰作。太晚了，快快起来，我们走吧！我觉得冷得很。"

我话没有讲完，又对他那张画看了一眼，打了一个冷噤，忽而觉得毛发都悚竖了起来；同时自昨天来自我胸中盘踞着的那种莫名其妙的忧郁，又笼罩上我的心来了。

G君含了满足的微笑，尽在那里闭了一只眼睛——这是他的脾气——细看他那未完的杰作。我催了他好几次，他才起来收拾画具。我们二人慢慢的走回家来的时候，他也好像倦了，不愿意讲话，我也为那种忧郁所侵袭，不想开口。两人默默的走到灯火荧荧的民房很多的地方，G君方开口问我说：

"这一张画的题目，我想叫'残秋的日暮'，你说好不好？"

"画上的表现，岂不是半夜的景象么？何以叫日暮呢？"

他听了我这句话，又含了神秘的微笑说：

"这就是今天早晨我和你谈的神秘的灵感哟！我画的画，老喜欢依画画时候的情感节季来命题，画面和画题合不合，我是不管的。"

"那么，'残秋的日暮'也觉得太衰飒了，况且现在已经入了十月，十月小阳春，哪里是什么残秋呢？"

"那么我这张画就叫作'小春'吧！"

这时候我们已经走进了一条热闹的横街，两人各雇着洋车，分手回来的时候，上弦的新月，也已起来得很高了。我一个人摇来摇去的被拉回家来，路上经过了许多无人来往的乌黑的僻巷。僻巷的空地道上，纵横倒在那里的，只是些房屋和电杆的黑影。从灯火辉煌的大街，忽而转入这样僻静的地方的时候，谁也会发生一种奇怪的感觉出来，我在这初月微明的天盖下面苍茫四顾，也忽而好像是遇见了什么似的，心里的那一种莫名其妙的忧郁，更深起来了。

十三年旧历十月初七日

南行杂记

一

上船的第二日，海里起了风浪，饭也不能吃，僵卧在舱里，自家倒得了一个反省的机会。

这时候，大约船在舟山岛外的海洋里，窗外又凄其的下雨了。半年来的变化，病状，绝望，和一个女人的不名誉的纠葛，母亲的不了解我的恶骂，在上海的几个月的游荡。一幕一幕的过去的痕迹，很杂乱地尽在眼前交错。

上船前的几天，虽则是心里很牢落，然而实际上仍是一件事情也没有干妥。闲下来在船舱里这么的一想，竟想起了许多琐杂的事情来：

"那一笔钱，不晓几时才拿得出来？"

"分配的方法，不晓有没有对C君说清？"

"一包火腿和茶叶，不知究竟要什么时候才能送到北京？"

"啊！一封信又忘了！忘了！"

像这样的乱想了一阵，不知不觉，又昏昏的睡去，一直到了午后的三点多钟。在半醒半觉的昏睡余波里沉浸了一回，听见同舱的K和W在说话，并且话题逼近到自家的身上来了：

"D不晓得怎么样？"K的问话。

"叫他一声吧！"W答。

"喂，D！醒了吧？"K又放大了声音，向我叫。

"乌乌……乌……醒了，什么时候了？"

"舱里空气不好，我们上'突克'去换一换空气吧！"

K的提议，大家赞成了，自家也忙忙的起了床。风停了，雨也已经休止，"突克"上散坐着几个船客。海面的天空，有许多灰色的黑云在那里低回。一阵一阵的大风渣沫，还时时吹上面来。湿空气里，只听见那几位同船者的杂话声。因为是粤音，所以辨不出什么话来，而实际上我也没有听取人家的说话的意思和准备。

三人在铁栏杆上靠了一会，K和W在笑谈什么话，我只呆呆的凝视着黯淡的海和天，动也不愿意动，话也不愿意说。

正在这一个失神的当儿，背后忽儿听见了一种清脆的女人的声音。回头来一看，却是昨天上船的时候看见过一眼的那个广东姑娘。她大约只有十七八岁年纪，衣服的材料虽则十分朴素，然而剪裁的式样，却很时髦。她的微突的两只近视眼，狭长的脸子，曲而且小且薄的嘴唇，梳的一条垂及腰际的辫发，不高不大的身材，并不白洁的皮肤，以及一举一动的姿势，简直和北京的银弟一样。昨天早晨，在匆忙杂乱的中间，看见了一眼，已经觉得奇怪了，今天在这一个短距离里，又深深地视察了一番，更觉得她和银弟的中间，确有一道相通的气质。在两三年前，或者又要弄出许多把戏来搅扰这一位可怜的姑娘的心意；但当精力消疲的此刻，竟和大病的人看见了丰美的盛馔一样，心里只起了一种怨恨，并不想有什么动作。

她手里抱着一个周岁内外的小孩，这小孩尽在吵着，仿佛要她抱上什么地方去的样子。她想想没法，也只好走近了我们的近边，把海浪指给那小孩看。我很自然的和她说了两句话，把小孩的一只肥手捏了一回。小孩还是吵着不已，她又只好把他抱回舱里去。我因为感着了微寒，也不愿意在"突克"上久立，过了几分钟，就匆匆的跑回了船室。

吃完了较早的晚饭，和大家谈了些杂天，电灯上火的时候，窗外又凄凄的起了风雨。大家睡熟了，我因为白天三四个钟头的甜睡，这时候竟合不拢眼来。拿出了一本小说来读，读不上几行，又觉得毫无趣味。丢了书，直躺在被里，想来想去想了半天，觉得在这一个时候对于自家的情味最投合的，还是因那个广东女子而惹起的银弟的回忆。

计算起来，在北京的三年乱杂的生活里，比较得有一点前后的脉络，比较得值得回忆的，还是和银弟的一段恶姻缘。

人生是什么？恋爱又是什么？年纪已经到了三十，相貌又奇丑，毅力也不足，名誉，金钱都说不上的这一个可怜的生物，有谁来和你讲恋爱？在这一种绝望的状态里，醉闷的中间，真想不到会遇着这一个一样飘零的银弟！

我曾经对什么人都声明过，"银弟并不美。也没有什么特别可爱的地方。"若硬要说出一点好处来，那只有她的娇小的年纪和她的尚不十分腐化的童心。

酒后的一次访问，竟种下了恶根，在前年的岁暮，前后两三个月里，弄得我心力耗尽，一直到此刻还没有恢复过来，全身只剩了一层瘦黄的薄皮包着的一副残骨。

这当然说不上是什么恋爱，然而和平常的人肉买卖，仿佛也有点分别。啊啊，你们若要笑我的蠢，笑我的无聊，也只好由你们笑，实际上银弟的身世是有点可同情的地方在那里。

她父亲是乡下的裁缝，没出息的裁缝，本来是苏州塘口的一个恶少年；因为姘识了她的娘，他们俩就逃到了上海，在浙江路的荣安里开设了一间裁缝摊。当然是一间裁缝摊，并不是铺子。在这苦中带乐的生涯里，银弟生下了地。过了几时，她父亲又在上海拐了一笔钱和一个女子，大小四人就又从上海逃到了北京。拐来的那个女子，后来当然只好去当娼妓，银弟的娘也因为男人的不德，饮上了酒，渐渐的变成了班子里的龟婆。罪恶贯盈，她父亲竟于一天严寒的晚上在雪窠里醉死了。她的娘以节蓄下来的四五百块恶钱，包了一个姑娘，勉强维持她的生活。像这样的日子，过了几年，银弟也长大了。在这中间，她的娘自然不能安分守寡，和一个年轻的琴师又结成了夫妇。循环报应，并不是天理，大约是人事当然的结果；前年春天，银弟也从"度嫁"的身分进了一步，去上捐当作了娼女。而我这前世作孽的冤鬼，也同她前后同时的浮荡在北京城里。

第一次去访问之后，她已经把我的名姓记住。第二天晚上十一点前后醉了回家，家里的老妈子就告诉我说："有一位姓董的，已经打了好几次电话来了。"我当初摸不着头脑，按了老妈子告诉我的号码就打了一个回电。及听到接电话的人说是蘼香馆，我才想起了前一晚的事情，所以并没有教他去叫银弟讲话，马上就把接话机挂上了。

记得这是前年九十月中的事情，此后天气一天寒似一天，国内的经济界也因为政局的不安一天衰落一天，胡同里车马的稀少，也是当然的结果。这中间我虽则经济并不宽裕，然而东挪西借，一直到年底止，为银弟开销的账目，总结起来，也有几百块钱的样子。在阔人很多的北京城里，这几百块钱，当然算不得什么一回事，可是由相貌不扬，衣饰不富，经验不足的银弟看来，我已经是她的恩客了。此外还有一件事情，说出来是谁也不相信的，使她更加把我当作了一个不是平常的客人看。

一天北风刮得很利害，寒空里黑云飞满，仿佛就要下雪的日暮，我和几个朋友，在游艺园看完戏之后，上小有天去吃夜饭去。这时候房间和散座，都被人占去了，我们只得在门前小坐，候人家的空位。过了一忽，银弟和一个四十左右的绅士，从里面一间小房间里出来了。当她经过我面前的时候，一位和我去过她那里的朋友，很冒失的叫了她一声，她抬头一看，才注意到我的身上，窑子在游戏场同时遇见两个客人本来是常有的事情，但她仿佛是很难为情的丢下了那个客人来和我招呼。我一点也不变脸色，仍复是平平和和的对她说了几句话，叫她快些出去，免得那个客人要起疑心。她起初还以为我在吃醋，后来看出了我的真心，才很快活的走了。

好容易等到了一间空屋，又因为和银弟讲了几句话的结果，被人家先占了去；我们等了二十几分钟，才得了一间空座进去坐了。吃菜吃到第二碗，伙计在外边嚷，说有电话，要请一位姓×的先生说话。我起初还不很注意，后来听伙计叫的的确是和我一样的姓，心里想或者是家里打来的，因为他们知道我在游艺园，而小有天又是我常去吃晚饭的地方。猫猫虎虎到电话口去一听，就听出了银弟的声音。她要我马上去她那里，她说刚才那个客人本来要请她听戏，但她拒绝了。我本来是不想去的，但吃完晚饭，出游艺园的时候，时间还早，朋友们不愿意就此分散，大家你一句我一句，就决定要我上银弟那里去问她的罪。

在她房里坐了一个多钟头，接着又打了四圈牌，吃完了酒，想马上回家，而银弟和同去的朋友，都要我在那里留宿。他们出去之后，并且把房门带上，在外面上了锁。

那时候已经是一点多钟了，妓院里特有的那一种艳乱的杂音，早已停歇，窗外的风声，倒反而加起劲来。银弟拉我到火炉旁边去坐下，问我何以不愿意在她那里宿。我只是对她笑笑，吸着烟，不和她说话。她呆了一会，就把头搁在我的肩上，哭了起来。妓女的眼泪，本来是不值钱的；尤其是那时候我和她的交情并不深，自从头一次访问之后，拢总还不过去了三四次；所以我看了她这一种样子，心里倒觉得很不快活，以为她在那里用手段。哭了半天，我只好抱她上床，和她横靠在叠好的被条上面。她止住眼泪之后，又沉默了好久，才慢慢地举起头来说：

"耐格人啊，真姆拨良心！……"

又停了几分钟，感伤的话，一齐的发出来了：

"平常日甲末，耐总勿肯来，来仔末，总说两句鬼话啦，就跑脱哉。打电话末，总教老妈子回复，说'勿拉屋里！'真朝碰着仔，要耐来拉给搭，耐回想跑回起。叫人家格面子阿过得起？……数数看，像娥给当人，实在勿配做耐格朋友……"

说到了这里，她又重新哭了起来，我的心也被她哭软了。拿出手帕来替她擦干了眼泪，我不由自主的吻了她好半天。换了衣服，洗了身，和她在被里睡好，桌上的摆钟，正敲了四下。这时候她的余哀未去，我也很起了一种悲感，所以两人虽抱在一起，心里却并没有失掉互相尊敬的心思。第二天一直睡到午前的十点钟起来，两人间也不曾有一点猥亵的行为。起床之后，洗完脸，要去叫早点心的时候，她问我吃荤的呢还是吃素的，我对她笑了一笑，她才跑过来捏了我一把，轻轻的骂我说：

"耐拉取笑娥呢，回是勒拉取笑耐自家?"

我也轻轻的回答她说：

"我益格沫事，已经割脱着!"

这一晚的事情，说出来大家总不肯相信，但从此之后，她对我的感情，的确是剧变了。因此我也更加觉得她的可怜，所以自那时候起到年底止的两三个月中间，我竟为她付了几百块钱的账。当她身子不净的时候，也接连在她那里留了好几夜宿。

去年正月，因为一位朋友要我去帮他的忙，不得不在兵荒缭乱之际，离开北京，西车站的她的一场大哭，又给了我一个很深的印象。

躺在船舱里的棉被上，把银弟和我中间的一场一场的悲喜剧，回想起来之后，神经愈觉得兴奋，愈是睡不着了。不得已只好起来，拿了烟罐火柴，想上食堂去吸烟去。跳下了床，开门出来，在门外的通路上，却巧又遇见了那位很像银弟的广东姑娘。我因为正在回忆之后，突然见了她的形象，照耀在电灯光里，心里忽而起了一种奇妙的感觉，竟瞪了两眼，呆呆的站住了。她看了我的奇怪的样子，也好像很诧异似的站住了脚。这时候幸亏同船者都已睡尽，没有人看见；而我也于一分钟之内，恢复了意识，便不慌不忙的走过她的身边，对她问了一声："还没有睡么？"就上食堂去吸烟去。

二

从上海出发之后第四天的早晨，听说是已经过了汕头，也许今天晚上可以进虎门的。船客的脸上，都现出一种希望的表情来；天也放晴，"突克"上的人声也嘈杂起来了。

这一次的航海，总算还好，风浪不十分大，路上也没有遇着强盗，而今天所走的地方，已经是安全地带了。在"突克"的左旁，一位广东的老商人，一边拿了望远镜在望海边的岛屿，一边很努力的用了普通话对我说了一段话。

太阳忽隐忽现，海风还是微微的拂上面来，我们究竟向南走了几千里路，原是谁也说不清楚；可是纬度的变迁的证明，从我们的换了夹衣之后，还觉得闷热的事实上找得出来，所以我也不知不觉的对那老商人说：

"老先生，我们已经接触了南国的风光了！"

吃了早午饭，又在"突克"上和那老商人站立了一回，看看远处的岛屿海岸，也没有什么不同的变化，我就回到了舱里去享受午睡。大约是几天来运动不足，消化不良的缘故，头一搁上枕，就作了许多乱梦。梦见了去年在北京德国病院里死的一位朋友；梦见了两月前头，在故乡和我要好的那个女人，又梦见了几回哥哥和我吵闹的情形；最后又梦见我自家在一家酒店门口发怔，因为这酒家柜上，一盘一盘陈列着在卖的尽是煮熟了的人头和人的上半身。

午后三点多钟，睡醒之后，又上"突克"去看了一次，四面的景色，还是和午前一样，问问同伴，说要明天午后，才得到广州。幸而这时候那广东姑娘出来了，和她不即不离的说了几句极普通的话，觉得旅愁又减少了一点。这一晚和前几晚一样，看了几页小说，吸了几支烟，想些前后错杂的事情，就不知不觉的睡着了。

船到虎门外，等领港的到来，慢慢的驶进珠江，是在开船后第五天的午后三点多钟；天空黯淡，细雨丝丝在下，四面的小岛，远近的渔村，水边的绿树，使一般船客都中心不定地跑来跑去在"突克"和舱室的中间行走；南方的风物，煞是离奇，煞是可爱！

若在北方，这时候只是一片黄沙瘠土，空林里总认不出一串青枝绿叶来；而这南乡的二月，水边山上，苍翠欲滴的树叶，不消再说，江岸附近的水田里，仿佛是已经在忙分秧稻的样子。珠江江口，汉港又多，小岛更伙，望南望北，看得出来的，不是嫩绿浓荫的高树，便是方圆整洁的农园。树荫下有依水傍山的瓦屋，园场里排列着荔枝龙眼的长行，中间且有粗枝大干，红似相思的木棉花树，这是梦境呢还是实际？我在船头上竟看得发呆了。

"美啊！这不是和日本长崎口外的风景一样么？"同舱的K叫着说。

"美啊！这简直是江南五月的清和景！"同舱的W亦受了感动。

"可惜今天的天气不好，把这一幅好景致染上了忧郁的色彩。"我也附和他们说。

船慢慢的进了珠江，两岸的水乡人家的春联和门楣上的横额，都看得清清楚楚。前面老远，在空蒙的烟雨里，有两座小小的宝塔看见了。

"那是广州城！"

"那是黄埔！"

像这样的惊喜的叫唤，时时可以听见，而细雨还是不止，天色竟阴阴的晚了。

吃过晚饭，再走出舱来的时候，四面已经是夜景了。远近的湾港里，时有几盏明灭的渔灯看得出来，岸上人家的墙壁，还依稀可以辨认。广州城的灯火，看得很清，可是问问船员，说到白鹅潭还有二十多里。立在黄昏的细雨里，尽把脖子伸长，向黑暗中瞭望，也没有什么意思，又想回到食堂里去吸烟，但W和K却不愿意离开"突克"。

不知经过了几久，轮船的轮机声停止了。"突克"上充满了压人的寂静，几个喜欢说话的人，又受了这寂静的威胁，不敢作声；忽而船停住了，跑来跑去有几个水手呼唤的声音。轮船下舢板中的男女的声音，也听得出来了，四面的灯火人家，也增加了数目。舱里的茶房，不知道什么时候出来的，这时候也站在我们的身旁，对我们说：

"船已经到了，你们还是回舱去照料东西吧！广东地方可不是好地方。"

我们问他可不可以上岸去，他说晚上雇舢板危险，还不如明天早上上去的好，这一晚总算到了广州，而仍在船上宿了一宵。

在白鹅潭的一宿，也算是这次南行的一个纪念，总算又和那广东姑娘同在一只船上多睡了一晚。第二天早晨，天一亮，不及和那姑娘话别，我们就雇了小艇，冒雨冲上岸来了。

十四年四月二十日

故都的秋

秋天，无论在什么地方的秋天，总是好的；可是啊，北国的秋，却特别地来得清，来得静，来得悲凉。我的不远千里，要从杭州赶上青岛，更要从青岛赶上北平来的理由，也不过想饱尝一尝这"秋"，这故都的秋味。

江南，秋当然也是有的；但草木凋得慢，空气来得润，天的颜色显得淡，并且又时常多雨而少风；一个人夹在苏州上海杭州，或厦门香港广州的市民中间，浑浑沌沌地过去，只能感到一点点清凉，秋的味，秋的色，秋的意境与姿态，总看不饱，尝不透，赏玩不到十足。秋并不是名花，也并不是美酒，那一种半开，半醉的状态，在领略秋的过程上，是不合适的。

不逢北国之秋，已将近十余年了。在南方每年到了秋天，总要想起陶然亭的芦花，钓鱼台的柳影，西山的虫唱，玉泉的夜月，潭柘寺的钟声。在北平即使不出门去吧，就是在皇城人海之中，租人家一椽破屋来住着，早晨起来，泡一碗浓茶，向院子一坐，你也能看得到很高很高的碧绿的天色，听得到青天下驯鸽的飞声。从槐树叶底，朝东细数着一丝一丝漏下来的日光，或在破壁腰中，静对着像喇叭似的牵牛花（朝荣）的蓝朵，自然而然地也能够感觉到十分的秋意。说到了牵牛花，我以为以蓝色或白色者为佳，紫黑色次之，淡红者最下。最好，还要在牵牛花底，教长着几根疏疏落落的尖细且长的秋草，使作陪衬。

北国的槐树，也是一种能使人联想起秋来的点缀。像花而又不是花的那一种落蕊，早晨起来，会铺得满地。脚踏上去，声音也没有，气味也没有，只能感出一点点极微细极柔软的触觉。扫街的在树影下一阵扫后，灰土上留下来的一条条扫帚的丝纹，看起来既觉得细腻，又觉得清闲，潜意识下并且还觉得有点儿落寞，古人所说的梧桐一叶而天下知秋的遥想，大约也就在这些深沉的地方。

秋蝉的衰弱的残声，更是北国的特产；因为北平处处全长着树，屋子又低，所以无论在什么地方，都听得见它们的啼唱。在南方是非要上郊外或山上去才听得到的。这秋蝉的嘶叫，在北平可和蟋蟀耗子一样，简直像是家家户户都养在家里的家虫。

还有秋雨哩，北方的秋雨，也似乎比南方的下得奇，下得有味，下得更像样。

在灰沉沉的天底下，忽而来一阵凉风，便息列索落的下起雨来了。一层雨过，云渐渐地卷向了西去，天又青了，太阳又露出脸来了；着着很厚的青布单衣或夹袄的都市闲人，咬着烟管，在雨后的斜桥影里，上桥头树底去一立，遇见熟人，便会用了缓慢悠闲的声调，微叹着互答着的说：

"唉，天可真凉了——"（这了字念得很高，拖得很长。）

"可不是么？一层秋雨一层凉啦！"

北方人念阵字，总老像是层字，平平仄仄起来，这念错的歧韵，倒来得正好。

北方的果树，到秋来，也是一种奇景。第一是枣子树；屋角，墙头，茅房边上，灶房门口，它都会一株株的长大起来。像橄榄又像鸽蛋似的这枣子颗儿，在小椭圆形的细叶中间，显出淡绿微黄的颜色的时候，正是秋的全盛时期；等枣树叶落，枣子红完，西北风就要起来了，北方便是尘沙灰土的世界，只有这枣子，柿子，葡萄，成熟到八九分的七八月之交，是北国的清秋的佳日，是一年之中最好也没有的Golden Days①。

有些批评家说，中国的文人学士，尤其是诗人，都带着很浓厚的颓废色彩，所以中国的诗文里，颂赞秋的文字特别的多。但外国的诗人，又何尝不然？我虽则外国诗文念得不多，也不想开出账来，做一篇秋的诗歌散文钞，但你若去一翻英德法意等诗人的集子，或各国的诗文的Anthology②来，总能够看到许多关于秋的歌颂与悲啼。各著名的大诗人的长篇田园诗或四季诗里，也总以关于秋的部分，写得最出色而最有味。足见有感觉的动物，有情趣的人类，对于秋，总是一样的能特别引起深沉、幽远、严厉、萧索的感触来的。不单是诗人，就是被关闭在牢狱里的囚犯，到了秋来，我想也一定会感到一种不能自己的深情；秋之于人，何尝有国别，更何尝有人种阶级的区别呢？不过在中国，文学里有一个"秋士"的成语，读本里又有着很普遍的欧阳子的《秋声》与苏东坡的《赤壁赋》等，就觉得中国的文人，与秋的关系特别深了。可是这秋的深味，尤其是中国的秋的深味，非要在北方，才感受得到的。

南国之秋，当然是也有它的特异的地方的，譬如廿四

---

① 译为：黄金时节。
② 译为：选编、选集。

桥的明月，钱塘江的秋潮，普陀山的凉雾，荔枝湾的残荷等等，可是色彩不浓，回味不永。比起北国的秋来，正像是黄酒之与白干，稀饭之与馍馍，鲈鱼之与大蟹，黄犬之与骆驼。

秋天，这北国的秋天，若留得住的话，我愿意把寿命的三分之二折去，换得一个三分之一的零头。

一九三四年八月，在北平

江南的冬景

凡在北国过过冬天的人，总都知道围炉煮茗，或吃煊羊肉，剥花生米，饮白干的滋味。而有地炉、暖炕等设备的人家，不管它们外面是雪深几尺，或风大若雷，而躲在屋里过活的两三个月的生活，却是一年之中最有劲的一段蛰居异境；老年人不必说，就是顶喜欢活动的小孩子们，总也是个个在怀恋的，因为当这中间，有的是萝卜、雅儿梨等水果的闲食，还有大年夜、正月初一、元宵等热闹的节期。

但在江南，可又不同；冬至过后，大江以南的树叶，也不至于脱尽。寒风——西北风——间或吹来，至多也不过冷了一日两日。到得灰云扫尽，落叶满街，晨霜白得像黑女脸上的脂粉似的清早，太阳一上屋檐，鸟雀便又在吱叫，泥地里便又放出水蒸气来，老翁小孩就又可以上门前的隙地里去坐着曝背谈天，营屋外的生涯了；这一种江南的冬景，岂不也可爱得很么？

我生长江南，儿时所受的江南冬日的印象，铭刻特深；虽则渐入中年，又爱上了晚秋，以为秋天正是读读书，写写字的人的最惠节季，但对于江南的冬景，总觉得是可以抵得过北方夏夜的一种特殊情调，说得摩登些，便是一种明朗的情调。

我也曾到过闽粤，在那里过冬天，和暖原极和暖，有时候到了阴历的年边，说不定还不得不拿出纱衫来着；走过野人的篱落，更还看得见许多杂七杂八的秋花！一番阵雨雷鸣过后，凉冷一点，至多也只好换上一件夹衣，在闽粤之间，皮袍棉袄是绝对用不着的；这一种极南的气候异状，并不是我所说的江南的冬景，只能叫它作南国的长春，是春或秋的延长。

江南的地质丰腴而润泽，所以含得住热气，养得住植物；因而长江一带，芦花可以到冬至而不败，红叶亦有时候会保持得三个月以上的生命。像钱塘江两岸的乌桕树，则红叶落后，还有雪白的桕子着在枝头，一点一丛，用照相机照将出来，可以乱梅花之真。草色顶多成了赭色，根边总带点绿意，非但野火烧不尽，就是寒风也吹不倒的。若遇到风和日暖的午后，你一个人肯上冬郊去走走，则青天碧落之下，你不但感不到岁时的肃杀，并且还可以饱觉着一种莫名其妙的含蓄在那里的生气；"若是冬天来了，春天也总马上会来"的诗人的名句，只有在江南的山野里，最容易体会得出。

说起了寒郊的散步，实在是江南的冬日，所给与江南居住者的一种特异的恩惠；在北方的冰天雪地里生长的人，是终他的一生，也决不会有享受这一种清福的机会的。我不知道德国的冬天，比起我们江浙来如何，但从许多作家的喜欢以Spaziergang①一字来做他们的创作题目的一点看来，大约是德国南部地方，四季的变迁，总也和我们的江南差仿不多。譬如说十九世纪的那位乡土诗人洛在格（Peter Rosegger 1843—1918）吧，他用这一个"散步"做题目的文章尤其写得多，而所写的情形，却又是大半可以拿到中国江浙的山区地方来适用的。

江南河港交流，且又地滨大海，湖沼特多，故空气里时含水分；到得冬天，不时也会下着微雨，而这微雨寒村里的冬霖景象，又是一种说不出的悠闲境界。你试想想，

---

① 译为：散步。

秋收过后，河流边三五家人家会聚在一道的一个小村子里，门对长桥，窗临远阜，这中间又多是树枝槎桠的杂木树林；在这一幅冬日农村的图上，再洒上一层细得同粉也似的白雨，加上一层淡得几不成墨的背景，你说还够不够悠闲？若再要点些景致进去，则门前可以泊一只乌篷小船，茅屋里可以添几个喧哗的酒客，天垂暮了，还可以加一味红黄，在茅屋窗中画上一圈暗示着灯光的月晕。人到了这一个境界，自然会得胸襟洒脱起来，终至于得失俱亡，死生不问了；我们总该还记得唐朝那位诗人做的"暮雨潇潇江上村"的一首绝句吧？诗人到此，连对绿林豪客都客气起来了，这不是江南冬景的迷人又是什么？

一提到雨，也就必然的要想到雪；"晚来天欲雪，能饮一杯无？"自然是江南日暮的雪景。"寒沙梅影路，微雪酒香村"，则雪月梅的冬宵三友，会合在一道，在调戏酒姑娘了。"柴门村犬吠，风雪夜归人"是江南雪夜，更深人静后的景况。"前村深雪里，昨夜一枝开"又到了第二天的早晨，和狗一样喜欢弄雪的村童来报告村景了。诗人的诗句，也许不尽是在江南所写，而做这几句诗的诗人，也许不尽是江南人，但假了这几句诗来描写江南的雪景，岂不直截了当，比我这一枝愚劣的笔所写的散文更美丽得多？

有几年，在江南也许会没有雨没有雪的过一个冬，到了春间阴历的正月底或二月初再冷一冷下一点春雪的；去年（一九三四）的冬天是如此，今年的冬天恐怕也不得不然，以节气推算起来，大约大冷的日子，将在一九三六年的二月尽头，最多也总不过是七八天的样子。像这样的冬天，乡下人叫作旱冬，对于麦的收成或者好些，但是人口却要受到损伤；旱得久了，白喉、流行性感冒等疾病自然容易上身，可是想恣意享受江南的冬景的人，在这一种冬天，倒只会得感到快活一点，因为晴和的日子多了，上郊外去闲步逍遥的机会自然也多；日本人叫作Hikeng，德国人叫作Spaziergang狂者，所最欢迎的也就是这样的冬天。

　　窗外的天气晴朗得像晚秋一样；晴空的高爽，日光的洋溢，引诱得使你在房间里坐不住，空言不如实践，这一种无聊的杂文，我也不再想写下去了，还是拿起手杖，搁下纸笔，上湖上去散散步吧！

　　　　　　　　　　　一九三五年十二月一日

北平的四季

对于一个已经化为异物的故人，追怀起来，总要先想到他或她的好处；随后再慢慢的想想，则觉得当时所感到的一切坏处，也会变作很可寻味的一些纪念，在回忆里开花。关于一个曾经住过的旧地，觉得此生再也不会第二次去长住了，身处入了远离的一角，向这方向的云天遥望一下，回想起来的，自然也同样地只是它的好处。

中国的大都会，我前半生住过的地方，原也不在少数；可是当一个人静下来回想起从前，上海的闹热，南京的辽阔，广州的乌烟瘴气，汉口武昌的杂乱无章，甚至于青岛的清幽，福州的秀丽，以及杭州的沉着，总归都还比不上北京——我住在那里的时候，当然还是北京——的典丽堂皇，幽闲清妙。

先说人的分子吧，在当时的北京——民国十一二年前后——上自军财阀政客名优起，中经学者名人，文士美女教育家，下而至于负贩拉车铺小摊的人，都可以谈谈，都有一艺之长，而无憎人之貌；就是由荐头店荐来的老妈子，除上炕者是当然以外，也总是衣冠楚楚，看起来不觉得会令人讨嫌。

其次说到北京物质的供给哩，又是山珍海错，洋广杂货，以及萝卜白菜等本地产品，无一不备，无一不好的地方。所以在北京住上两三年的人，每一遇到要走的时候，总只感到北京的空气太沉闷，灰沙太暗淡，生活太无变化；一鞭走出，出前门便觉胸舒，过芦沟方知天晓，仿佛一出都门，就上了新生活开始的坦道似的；但是一年半载，在北京以外的各地——除了在自己幼年的故乡以外——去一住，谁也会得重想起北京，再希望回去，隐隐地对北京害起剧烈的怀乡病来。这一种经验，原是住过北京的人，个个都有，而在我自己，却感觉得格外的浓，格外的切。最大的原因或许是为了我那长子之骨，现在也还埋在郊外广谊园的坟山，而几位极要好的知己，又是在那里同时毙命的受难者的一群。

北平的人事品物，原是无一不可爱的，就是大家觉得最要不得的北平的天候，和地理联合上一起，在我也觉得是中国各大都会中所寻不出几处来的好地。为叙述的便利起见，想分成四季来约略地说说。

北平自入旧历的十月之后，就是灰沙满地，寒风刺骨的节季了，所以北平的冬天，是一般人所最怕过的日子。但是要想认识一个地方的特异之处，我以为顶好是当这特异处表现得最圆满的时候去领略；故而夏天去热带，寒天去北极，是我一向所持的哲理。北平的冬天，冷虽则比南方要冷得多，但是北方的生活的伟大悠闲，也只有在冬季，使人感受得最彻底。

先说房屋的防寒装置吧，北方的住屋，并不同南方的摩登都市一样，用的是钢骨水泥，冷热气管；一般的北方人家，总只是矮矮的一所四合房，四面是很厚的泥墙；上面花厅内都有一张暖炕，一所回廊；廊子上是一带明窗，窗眼里糊着薄纸，薄纸内又装上风门，另外就没有什么了。在这样简陋的房屋之内，你只教把炉子一生，电灯一点，棉门帘一挂上，在屋里住着，却一辈子总是暖炖炖像是春三四月里的样子。尤其会得使你感觉到屋内的温软堪恋的，是屋外窗外面呜呜在叫啸的西北风。天色老是灰沉沉的，路上面也老是灰的围障，而从风尘灰土中下车，一踏进屋里，就觉得一团春气，包围在你的左右四周，使你马上就忘记了屋外的一切寒冬的苦楚。若是喜欢吃吃酒，烧烧羊肉锅的人，那冬天的北方生活，就更加不能够割舍；酒已经是御寒的妙药了，再加上以大蒜与羊肉酱油合煮的香味，简直可以使一室之内，涨满了白蒙蒙的水蒸温气。玻璃窗内，前半夜，会流下一条条的清汗，后半夜就变成了花色奇异的冰纹。

到了下雪的时候哩，景象当然又要一变。早晨从厚棉被里张开眼来，一室的清光，会使你的眼睛眩晕。在阳光照耀之下，雪也一粒一粒的放起光来了，蛰伏得很久的小鸟，在这时候会飞出来觅食振翎，谈天说地，吱吱的叫个不休。数日来的灰暗天空，愁云一扫，忽然变得澄清见底，翳障全无；于是年轻的北方住民，就可以营屋外的生活了，溜冰，做雪人，赶冰车雪车，就在这一种日子里最有劲儿。

我曾于这一种大雪时晴的傍晚，和几位朋友，跨上跛驴，出西直门上骆驼庄去过过一夜。北平郊外的一片大雪地，无数枯树林，以及西山隐隐现现的不少白峰头，和时时吹来的几阵雪样的西北风，所给与人的印象，实在是深刻，伟大，神秘到了不可以言语来形容。直到了十余年后的现在，我一想起当时的情景，还会得打一个寒颤而吐一口清气，如同在钓鱼台溪旁立着的一瞬间一样。

北国的冬宵，更是一个特别适合于看书，写信，追思过去，与作闲谈说废话的绝妙时间。记得当时我们弟兄三人，都住在北京，每到了冬天的晚上，总不远千里地走拢来聚在一道，会谈少年时候在故乡所遇所见的事事物物。小孩们上床去了，用人们也都去睡觉了，我们弟兄三个，还会得再加一次煤再加一次煤地长谈下去。有几宵因为屋外面风紧天寒之故，到了后半夜的一二点钟的时候，便不约而同地会说出索性坐坐到天亮的话来。像这一种可宝贵的记忆，像这一种最深沉的情调，本来也就是一生中不能够多享受几次的昙花佳境，可是若不是在北平的冬天的夜里，那趣味也一定不会得像如此的悠长。

总而言之，北平的冬季，是想赏识赏识北方异味者之唯一的机会；这一季里的好处，这一季里的琐事杂忆，若要详细地写起来，总也有一部《帝京景物略》那么大的书好做；我只记下了一点点自身的经历，就觉得过长了，下面只能再来略写一点春和夏以及秋季的感怀梦境，聊作我的对这日就沦亡的故国的哀歌。

春与秋，本来是在什么地方都属可爱的时节，但在北平，却与别地方也有点儿两样。北国的春，来得较迟，所以时间也比较得短。西北风停后，积雪渐渐地消了，赶牲口的车夫身上，看不见那件光板老羊皮的大袄的时候，你就得预备着游春的服饰与金钱；因为春来也无信，春去也无踪，眼睛一眨，在北平市内，春光就会得同飞马似的溜过。屋内的炉子，刚拆去不久，说不定你就马上得去叫盖凉棚的才行。

而北方春天的最值得记忆的痕迹，是城厢内外的那一层新绿，同洪水似的新绿。北京城，本来就是一个只见树木不见屋顶的绿色的都会，一踏出九城的门户，四面的黄土坡上，更是杂树丛生的森林地了；在日光里颤抖着的嫩绿的波浪，油光光，亮晶晶，若是神经系统不十分健全的人，骤然间身入到这一个淡绿色的海洋涛浪里去一看，包管你要张不开眼，立不住脚，而昏厥过去。

北平市内外的新绿，琼岛春阴，西山抱翠诸景里的新绿，真是一幅何等奇伟的外光派的妙画！但是这画的框子，或者简直说这画的画布，现在却已经完全掌握在一只满长着黑毛的巨魔的手里了！北望中原，究竟要到哪一日才能够重见得到天日呢？

从地势纬度上讲来，北方的夏天，当然要比南方的夏天来得凉爽。在北平城里过夏，实在是并没有上北戴河或西山去避暑的必要。一天到晚，最热的时候，只有中午到午后三四点钟的几个钟头，晚上太阳一下山，总没有一处不是凉阴阴要穿单衫才能过去的；半夜以后，更是非盖薄棉被不可了。而北平的天然冰的便宜耐久，又是夏天住过北平的人所忘不了的一件恩惠。

我在北平，曾经过过三个夏天；像什刹海，菱角沟，二闸等暑天游耍的地方，当然是都到过的；但是在三伏的当中，不问是白天或是晚上，你只教有一张藤榻，搬到院子里的葡萄架下或藤花阴处去躺着，吃吃冰茶雪藕，听听盲人的鼓词与树上的蝉鸣，也可以一点儿也感不到炎热与熏蒸。而夏天最热的时候，在北平顶多总不过九十四五度①，这一种大热的天气，全夏顶多顶多又不过十日的样子。

在北平，春夏秋的三季，是连成一片；一年之中，仿佛只有一段寒冷的时期，和一段比较得温暖的时期相对立。由春到夏，是短短的一瞬间，自夏到秋，也只觉得是过了一次午睡，就有点儿凉冷起来了。因此，北方的秋季也特别的觉得长，而秋天的回味，也更觉得比别处来得浓厚。前两年，因去北戴河回来，我曾在北平过过一个秋，在那时候，已经写过一篇《故都的秋》，对这北平的秋季颂赞过一遍了，所以在这里不想再来重复；可是北平近郊的秋色，实在也正像是一册百读不厌的奇书，使你愈翻愈会感到兴趣。

---

① 华氏温度，即三十四五摄氏度。

秋高气爽，风日晴和的早晨，你且骑着一匹驴子，上西山八大处或玉泉山碧云寺去走走看；山上的红柿，远处的烟树人家，郊野里的芦苇黍稷，以及在驴背上驮着生果进城来卖的农户佃家，包管你看一个月也不会看厌。春秋两季，本来是到处好的，但是北方的秋空，看起来似乎更高一点，北方的空气，吸起来似乎更干燥健全一点。而那一种草木摇落，金风肃杀之感，在北方似乎也更觉得要严肃，凄凉，沉静得多。你若不信，你且去西山脚下，农民的家里或古寺的殿前，自阴历八月至十月下旬，去住它三个月看看。古人的"悲哉秋之为气"以及"胡笳互动，牧马悲鸣"的那一种哀感，在南方是不大感觉得到的，但在北平，尤其是在郊外，你真会得感至极而涕零，思千里兮命驾。所以我说，北平的秋，才是真正的秋；南方的秋天，不过是英国话里所说的 Indian Summer①或叫作小春天气而已。

　　统观北平的四季，每季每节，都有它的特别的好处；冬天是室内饮食奄息的时期，秋天是郊外走马调鹰的日子，春天好看新绿，夏天饱受清凉。至于各节各季，正当移换中的一段时间哩，又是别一种情趣，是一种两不相连，而

---

① 译为：印第安的夏天，指冬天来临前突然回暖，宛若夏天的天气。

又两都相合的中间风味，如雍和宫的打鬼，净业庵的放灯，丰台的看芍药，万牲园的寻梅花之类。

五六百年来文化所聚萃的北平，一年四季无一月不好的北平，我在遥忆，我也在深祝，祝她的平安进展，永久地为我们黄帝子孙所保有的旧都城！

一九三六年五月廿七日

感伤的行旅

旅行果然是不错，以后就决定在船窗马背里过它半生生活吧！

感伤的行旅

一

犹太人的漂泊，听说是上帝制定的惩罚。中欧一带的"寄泊栖"的游行，仿佛是这一种印度支尼族浪漫的天性。大约是这两种意味都完备在我身上的缘故吧，在一处沉滞得久了，只想把包裹雨伞背起，到绝无人迹的地方去吐一口郁气。更况且节季又是霜叶红时的秋晚，天色又是同碧海似的天天晴朗的青天，我为什么不走？我为什么不走呢？

可是说话容易，实践艰难，入秋以后，想走想走的心愿，却起了好久了，而天时人事，到了临行的时节，总有许多阻障出来。八个瓶儿七个盖，凑来凑去凑不周全的，尤其是几个买舟借宿的金钱。我不会吹箫，我当然不能乞食，况且此去，也许在吴头，也许向楚尾，也许在中途被捉，被投交有砂米饭吃有红衣服着的笼中，所以踏上火车之先，我总想多带一点财物在身边，免得为人家看出，看出我是一个无产无职的游民。

旅行之始，还是先到上海，向各处去交涉了半天。等到几个版税拿到在手里，向大街上买就了些旅行杂品的时候，我的灵魂已经飞到了空中：

"Over the hills and far away①！"坐在黄包车上的身体，好像在腾云驾雾，扶摇上九万里外去了。头一晚，就在上海的大旅馆里借了一宵宿。

是月暗星繁的秋夜，高楼上看出去，能够看见的，只是些黄苍颓荡的电灯光。当然空中还有许多同蜂衙里出了火似的同胞的杂噪声，和许多有钱的人在大街上驶过的汽车声融合在一处，在合奏着大都会之夜的"新魔丰腻"，但最触动我这感伤的行旅者的哀思的，却是在同一家旅舍之内，从前后左右的宏壮的房间里发出来的娇艳的肉声，及伴奏着的悲凉的弦索之音。屋顶上飞下来的一阵两阵的比西班牙舞乐里的皮鼓铜琶更野噪的锣鼓响乐，也未始不足

---

① 译为：翻山越岭，去往远方。

以打断我这愁人秋夜的客中孤独，可是同败落头人家的喜事一样，这一种绝望的喧阗，这一种勉强的干兴，终觉得是肺病患者的脸上的红潮，静听起来，仿佛是有四万万的受难的人民，在这野声里啜泣似的，"如此烽烟如此（乐），老夫怀抱若为开"呢？

不得已就只好在灯下拿出一本德国人的游记来躺在床沿上胡乱地翻读……

一七七六，九月四日，来干思堡，侵晨。

早晨三点，我轻轻地偷逃出了卡儿斯罢特，因为否则他们怕将不让我走。那一群将很亲热地为我做八月廿八的生日的朋友们，原也有扣留住我的权利；可是此地却不可再事淹留下去了。……

这样地跟这一位美貌多才的主人公看山看水，一直的到了月下行车，将从勃伦纳到物络那（Vom Brenner bis Verona）的时候，我也就在悲凉的弦索声，杂噪的锣鼓声，和怕人的汽车声中昏沉睡着了。

不知是在什么地方，我自身却立在黑沉沉的天盖下俯看海水，立脚处仿佛是危岩巉屼的一座石山。我的左壁，就是一块身比人高的直立在那里的大石。忽而海潮一涨，只见黑黝黝的涡旋，在灰黄的海水里鼓荡，潮头渐长渐高，逼到脚下来了，我苦闷了一阵，却也终于无路可逃，带粘性的潮水，就毫无踌躇地浸上了我的两脚，浸上了我的腿部，腰部，终至于将及胸部而停止了。一霎时水又下退，我的左右又变了石山的陆地，而我身上的一件青袍，却为水浸湿了。在惊怖和懊恼的中间，梦神离去了我，手支着枕头，举起上半身来看看外边的样子，似乎那些毫无目的，毫无意识，只在大街上闲逛、瞎挤、乱骂、高叫的同胞们都已归笼去了，马路上只剩了几声清淡的汽车警笛之声，前后左右的娇艳的肉声和弦索声也减少了，幽幽寂寂，仿佛从极远处传来似的，只有间隔得很远的竹背牙牌互击的操塔的声音，大约夜也阑了，大家的游兴也倦了吧，这时候我的肚里却也咕噜噜感到了一点饥饿。

披上绵袍，向里间浴室的磁盆里放了一盆热水，漱了一漱口，擦了一把脸，再回到床前安乐椅上坐下，呆看住电灯擦起火柴来吸烟的时候，我不知怎么的陡然间却感到了一种异样的孤独。这也许是大都会中的深夜的悲哀，这也许是中年易动的人生的感觉，但无论如何，我觉得这样的再在旅舍里枯坐是耐不住的了，所以就立起身来，开门出去，想去找一家长夜开炉的菜馆，去试一回小吃。

开门出去，在静寂粉白和病院里的廊子一样的长巷中走了一段，将要从右角转入另一条长廊去的时候，在角上的那间房里，忽而走出了一位二十左右，面色洁白妖艳，一头黑发松长披在肩上，全身像裸着似的只罩着一件金黄长毛丝绒的Negligee①的妇人来。这一回的出其不意地在这一个深夜的时间里忽儿和我这样的一个潦倒的中年男子的相遇，大约也使她感到了一种惊异，她起始只张大了两只黑晶晶的大眼，怀疑惊问似的对我看了一眼，继而脸上涨起了红霞，似羞缩地将头俯伏了下去，终于大着胆子向我的身边走过，走到另一间房间里去了。我一个人发了一脸微笑，走转了弯，轻轻地在走向升降机去的中间，耳朵里还听见了一声她关闭房门的声音，眼睛里还保留着她那丰白的圆肩的曲线，和从宽散的她的寝衣中透露出来的胸前的那块倒三角形的雪嫩的白肌肤。

司升降机的工人和在廊子的一角呆坐着的几位茶役，都也睡态蒙眬了，但我从高处的六层楼下来，一到了底下出大门去的那条路上，却不料竟会遇见这许多暗夜之子在谈笑取乐的。他们的中间，有的是跟妓女来的龟奴鸨母，有的是司汽车的机器工人，有的是身上还披着绒毯的住宅包车夫，有的大约是专等到了这一个时候，夹入到这些人

---

① 译为：女式晨衣。

的中间来骗取一支两支香烟，谈谈笑笑借此过夜的闲人吧！这一个大门道上的小社会里，这时候似乎还正在热闹的黄昏时候一样，而等我走出大门，向东边角上的一家茶馆里坐定，朝壁上的挂钟细细看了一眼时，却已经是午前的三点钟前了。

吃取了一点酒菜回来，在路上向天空注看了许多回。西边天上，正挂着一钩同镰刀似的下弦残月，东北南三面，从高屋顶的电火中间窥探出去，似还见得到一颗两颗的黯淡的秋星，大约明朝不会下雨这一件事情总可以决定的了。我长啸了一声，心里却感到了一点满足，想这一次的出发也还算不坏，就再从升降机上来，回房脱去了袍袄，沉酣地睡着了四五个钟头。

二

几个钟头的酣睡，已把我长年不离身心的疲倦医好了一半了，况且赶到车站的时候，正还是上行特别快车将发未动的九点之前，买了车票，挤入了车座，浩浩荡荡，火车头在晨风朝日之中，将我的身体搬向北去的中间，老是自伤命薄，对人对世总觉得不满的我这时代落伍者，倒也感到了一心的快乐。"旅行果然是好的"，我斜倚着车窗，目视着两旁的躺息在太阳和风里的大地，心里却在这样的想："旅行果然是不错，以后就决定在船窗马背里过它半生生活吧！"

江南的风景，处处可爱，江南的人事，事事堪哀，你看，在这一个秋尽冬来的寒月里，四边的草木，岂不还是青葱红润的么？运河小港里，岂不依旧是白帆如织满在行驶的么？还有小小的水车亭子，疏疏的槐柳树林。平桥瓦屋，只在大空里吐和平之气，一堆一堆的干草堆儿，是老百姓在这过去的几个月中间力耕苦作之后的黄金成绩，而车辚辚，马萧萧，这十余年中间，军阀对他们的征收剥夺，掳掠奸淫，从头细算起来，哪里还算得明白？江南原说是鱼米之乡，但可怜的老百姓们，也一并的作了那些武装同志们的鱼米了。逝者如斯，将来者且更不堪设想，你们且看看政府中什么局长什么局长的任命，一般物价的同潮也似的怒升，和印花税地税杂税等名目的增设等，就也可以知其大概了。啊啊，圣明天子的朝廷大事，你这贱民哪有左右容喙的权利，你这无智的牛马，你还是守着古圣昔贤的大训，明哲以保其身，且细赏赏这车窗外面的迷人秋景吧！人家瓦上的浓霜去管它作甚？

车窗外的秋色，已经到了烂熟将残的时候了。而将这秋色秋风的颓废末级，最明显地表现出来的，要算浅水滩头的芦花丛薮，和沿流在摇映着的柳色的鹅黄。当然杞树、枫树、柏树的红叶，也一律的在透露残秋的消息，可是绿叶层中的红霞一抹，即在春天的二月，只教你向树林里去栽几株一丈红花，也就可以酿成此景的。至于西方莲的殷红，则不问是寒冬或是炎夏，只教你培养得宜，那就随时随地都可以将其他树叶的碧色去衬它的朱红，所以我说，表现这大江南岸的残秋的颜色，不是枫林的红艳和残叶的青葱，却是芦花的丰白与岸柳的髻黄。

秋的颜色，也管不得许多，我也不想来品评红白，裁答一重公案，总之对这些大自然的四时烟景，毫末也不曾留意的我们那火车机头，现在却早已冲过了长桥几架，抄过了阳澄湖岸的一角，一程一程的在逼近姑苏台下去了。

苏州本来是我侬旧游之地，"一帆冷雨过娄门"的情趣，闲雅的古人，似乎都在称道。不过细雨骑驴，延着了七里山塘，缓缓的去奠拜真娘之墓的那种逸致，实在也尽值得我们的怀忆的。还有日斜的午后，或者上小吴轩去泡一碗清茶，凭栏细数数城里人家的烟灶，或者在冷红阁上，开开它朝西一带的明窗，静静儿的守着夕阳的晼晚西沉，也是尘俗都消的一种游法。我的此来，本来是无遮无碍的放浪的闲行，依理是应该在吴门下榻，离沪的第一晚是应该去听听寒山寺里的夜半清钟的，可是重阳过后，这近边又有了几次农工暴动的风声，军警们提心吊胆，日日在搜查旅客，骚扰居民，像这样的暴风雨将到未来的恐怖期间，我也不想再去多劳一次军警先生的驾了，所以车停的片刻时候，我只在车里跑上先跑落后的看了一回虎丘的山色，想看看这本来是不高不厚的地皮，究竟有没有被那些要人们刮尽。但是还好，那一堆小小的土山，依旧还在那里点缀苏州的景致。不过塔影萧条，似乎新来瘦了，它不会病酒，它不会悲秋，这影瘦的原因，大约总是因为日脚行到了天中的缘故吧。拿出表来一看，果然已经是十一点多钟，将近中午的时刻了。

火车离去苏州之后，路线的两边，耸出了几条绀碧的山峰来。在平淡的上海住惯的人，或者本来是从山水中间出来，但为生活所迫，就不得不在看不见山看不见水的上海久住的人们，大约到此总不免要生出异样的感觉来的吧。同车的有几位从上海来的旅客，一样的因看见了这西南一带的连山而在作点头的微笑。啊啊，人类本来就是大自然的一部分细胞，只教天性不灭，决没有一个会对了这自然的和平清景而不想赞美的，所以那些卑污贪暴的军阀委员要人们，大约总已经把人性灭尽了的缘故吧，他们只知道要打仗，他们只知道要杀人，他们只知道如何的去敛钱争势夺权利用，他们只知道如何的来破坏农工大众的这一个自然给与我们的伊甸园。啊呀，不对，本来是在说看山的，多嘴的小子，却又破口牵涉起大人先生们的狼心狗计来了，不说吧，还是不说吧。将近十二点了，我还是去炒盘芥莉鸡丁弄瓶"苦配"啤酒来浇浇魂磊的好。

三

正吞完最后的一杯苦酒的时候，火车过了一个小站，听说是无锡就在眼前了。

天下第二泉水的甘味，倒也没有什么可以使人留恋的地方。但震泽湖边的芦花秋草，当这一个肃杀的年时，在理想上当然是可以引人入胜的，因为七十二山峰的峰下，处处应该有低浅的水滩，三万六千顷的周匝，少算算也应该有千余顷的浅渚，以这一个统计来计算太湖湖上的芦花，那起码要比扬子江河身的沙渚上的芦田多些。我是曾在太平府以上九江以下的扬子江头看过伟大的芦花秋景的，所以这一回很想上太湖去试试运气看，看我这一次的臆测究竟有没有和事实相合的地方。这样的决定在无锡下车之后，倒觉得前面相去只几里地的路程特别的长了起来，特别快车的速力也似乎特别慢起来了。

无锡究竟是出大政客的实业中心地，火车一停，下来的人竟占了全车的十分之三四。我因为行李无多，所以一时对那些争夺人体的黄包车夫们都失了敬，一个人踏出站来，在荒地上立了一会，看了一出猴子戴面具的把戏，想等大伙的行客散了，再去叫黄包车直上太湖边去。这一个战略，本是我在旅行的时候常用常效的方法，因为车刚到站，黄包车价总要比平时贵涨几倍，等大家散尽，车夫看看不得不等第二班车了，那他的价钱就会低让一点，可以让到比平时只贵两成三成的地步。况且从车站到湖滨，随便走哪一条路，总要走半个钟头才能走到，你若急切的去叫车，那客气一点的车夫，会索价一块大洋，不客气的或者竟会说两块三块都不定的。所以夹在无锡的市民中间，上车站前头的那块荒地上去看一出猴犬两明星合演的拿手好戏，也是一件有意义的事情，因为我在看把戏的中间就在摆布对车夫的战略呀。殊不知这一次的作战，我却大大的失败了。

原来上行特别快车到站是正午十二点的光景，这一班车过后，则下行特快的到来要在下午的一点半过，车夫若送我到湖边去呢，那下半日的他的买卖就没有了，要不是有特别的好处，大家是不愿意去的。况且时刻又来得不好，正是大家要去吃饭缴车的时候，所以等我从人丛中挤攒出来，想再回到车站前头去叫车的当儿，空洞的卵石马路上，只剩了些太阳的影子，黄包车夫却一个也看不见了。

没有办法，只好唱着"背转身，只埋怨，自己做差"而慢慢的踱过桥去，在无锡饭店的门口，反出了一个更贵的价目，才叫着了一乘黄包车拖我到了迎龙桥下。从迎龙桥起，前面是宽广的汽车道了，两公司的驶往梅园的公共汽车，隔十分就有一乘开行，并且就是不坐汽车，从迎龙桥起再坐小照会的黄包车去，也是十分舒适的。到了此地，又是我的世界了，而实际上从此地起，不但有各种便利的车子可乘，就是叫一只湖船，叫她直摇出去，到太湖边上去摇它一晚，也是极容易办到的事情，所以在一家新的公共汽车行的候车的长凳上坐下的时候，我心里觉得是已经到了太湖边上的样子。

开原乡一带，实在是住家避世的最好的地方。九龙山脉，横亘在北边，锡山一塔，障得住东来的烟灰煤气，西南望去，不是龙山山脉的蜿蜒的余波，便是太湖湖面的镜光的返照。到处有桑麻的肥地，到处有起屋的良材，耕地的整齐，道路的修广，和一种和平气象的横溢，是在江浙各农区中所找不出第二个来的好地。可惜我没有去做官，可惜我不曾积下些钱来，否则我将不买阳羡之田，而来这开原乡里置它的三十顷地。营五亩之居，筑一亩之室。竹篱之内，树之以桑，树之以麻，养些鸡豚羊犬，好供岁时伏腊置酒高会之资；酒醉饭饱，在屋前的太阳光中一躺，更可以叫稚子开一开留声机器，听听克拉衣斯勒的提琴的慢调和卡儿骚的高亢的悲歌。若喜欢看点新书，那火车一搭，只教有半日工夫，就可以到上海的璧恒、别发，去买些最近出版的优美的书来。这一点卑卑的愿望，啊啊，这一点在大人先生的眼里看起来，简直是等于矮子的一个小脚指头般大的奢望，我究竟要在何年何月，才享受得到呢？罢罢，这样的在公共汽车里坐着，这样的看看两岸的疾驰过去的桑田，这样的注视注视龙山的秋景，这样的吸收吸收不用钱买的日色湖光，也就可以了，很可以了，我还是不要作那样的妄想，且念首清诗，聊作个过屠门的大嚼吧！

Mine be a cot beside the hill

A bee-hive's hum shall soothe my ear;

A willowy brook that turns a mill,

With many a fall shall linger near.

The swallow, oft, beneath my thatch

Shall twitter from her clay-built nest;

Oft shall the pilgrim lift the latch,

And share my meal, a welcome guest.

Around my ivied porch shall spring

Each fragrant flower that drinks the dew;

And Lucy, at her wheel, shall sing

In russet-gown and apron blue.

The village-church among the trees,

Where first our marriage-vows were given,

With merry peals shall swell the breeze

And point with taper spire to Heaven.

这样的在车窗口同诗里的蜜蜂似的哼着念着，我们的那乘公共汽车，已经驶过了张巷荣巷，驶过了一支小山的腰岭，到了梅园的门口了。

四

梅园是无锡的大实业家荣氏的私园，系筑在去太湖不远的一支小山上的别业，我的在公共汽车里想起的那个愿望，他早已大规模地为我实现造好在这里了；所不同者，我所想的是一间小小的茅棚，而他的却是红砖的高大的洋房，我是要缓步以当车，徒步在那些桑麻的野道上闲走的，而他却因为时间是黄金就非坐汽车来往不可的这些违异。然而人同此心，心同此理，看将起来，有钱的人的心理，原也同我们这些无钱无业的闲人的心理是一样的。我在此地要感谢荣氏的竟能把我的空想去实现而造成这一个梅园，我更要感谢他既造成之后而能把它开放，并且非但把它开放，而又能在梅园里割出一席地来租给人家，去开设一个接待来游者的公共膳宿之场。因为这一晚我是决定在梅园里的太湖饭店内借宿的。

大约到过无锡的人总该知道，这附近的别墅的位置，除了刚才汽车通过的那支横山上的一个别庄之外，总算这梅园的位置算顶好了。这一条小小的东山，当然也是龙山西下的波脉里的一条，南去太湖，约只有小三里不足的路程。而在这梅园的高处，如招鹤坪前，太湖饭店的二楼之上，或再高处那荣氏的别墅楼头，南窗开了，眼下就见得到太湖的一角，波光容与，时时与独山、管社山的山色相掩映。至于园里的瘦梅千树，小榭数间和曲折的路径，高而不美的假山之类，不过尽了一点点缀的余功，并不足以语园林营造的匠心之所在的。所以梅园之胜，在它的位置，在它的与太湖的接而不离，离而又接的妙处；我的不远数十里的奔波，定要上此地来借它一宿的原因，也只想利用利用这一点特点而已。

在太湖饭店的二楼上把房间开好，喝了几杯既甜且苦的惠泉山酒之后，太阳已有点打斜了，但拿出表来一看，时间还只是午后的两点多钟。我的此来，原想看一看一位朋友所写过的太湖的落日，原想看看那落日与芦花相映的风情的；若现在就赶往湖滨，那未免去得太早，后来怕要生出久候无聊的感想来。所以走出梅园，我就先叫了一乘车子，再回到惠山寺去，打算从那里再由别道绕至湖滨，好去赶上看湖边的落日。但是锡山一停，惠山一转，遇见了些无聊的俗物在惠山泉水旁的大嚼豪游，及许多武装同志们的沿路的放肆高笑，我心里就感到了一心的不快，正同被强人按住在脚下，被他强塞了些灰土尘污到肚里边去的样子，我的脾气又发起来了，我只想登到无人来得的高山之上去尽情吐泻一番，好把肚皮里的抑郁灰尘都吐吐干净。穿过了惠山的后殿，一步一登，朝着只有斜阳和衰草在弄情调戏的濯濯的空山，不晓走了多少时候，我竟走到了龙山第一峰的头茅篷外了。

目的总算达到了，惠山锡山寺里的那些俗物，都已踏蹋在我的脚下，四大皆空，头上身边，只剩了一片蓝苍的天色和清淡的山岚。在此地我可以高啸，我可以俯视无锡城里的几十万为金钱名誉而在苦斗的苍生，我可以任我放开大口来骂一阵无论哪一个凡为我所疾恶者，骂之不足，还可以吐他的面，吐面不足，还可以以小便来浇上他的身头。我可以痛哭，我可以狂歌，我等爬山的急喘回复了一点之后，在那块头茅篷前的山峰头上竟一个人演了半日的狂态，直到喉咙干哑，汗水横流，太阳也倾斜到了很低很低的时候为止。

气竭声嘶，狂歌高叫的声音停后，我的两只本来是为我自己的噪聒弄得昏昏的耳里，忽而沁的钻入了一层寂静，风也无声，日也无声，天地草木都仿佛在一击之下变得死寂了。沉默，沉默，沉默，空处都只是沉默。我被这一种深山里的静寂压得怕起来了，头脑里却起了一种很可笑的后悔。"不要这世界完全被我骂得陆沉了哩！"我想，"不要山鬼之类听了我的啸声来将我接受了去，接到了他们的死灭的国里去了哩！"我又想，"我在这里踏着的不要不是龙山山头，不要是阴间的滑油山之类哩！"我再想。于是我就注意看了看四边的景物，想证一证实我这身体究竟还是仍旧活在这卑污满地的阳世呢，还是已经闯入了那个鬼也在想革命而谋做阎王的阴间。

朝东望去，远散在锡山塔后的，依旧是千万的无锡城内的民家和几个工厂的高高的烟突，不过太阳斜低了，比起午前的光景来，似乎加添了一点倦意。俯视下去，在东南的角里，桑麻的林影，还是很浓很密的，并且在那条白线似的大道上，还有行动的车类的影子在那里前进呢，那么至少至少，四周都只是死灭的这一个观念总可以打破了。我宽了一宽心，更掉头朝向了西南，太阳落下了，西南全面，只是炫目的湖光，远处银蓝蒙溃，当是湖中间的峰面的暮霭，西面各小山的面影，也都变成了紫色了。因为看见了斜阳，看见了斜阳影里的太湖，我的已经闯入了死界的念头虽则立时打消，但是日暮途穷，只一个人远处在荒山顶上的一种实感，却油然的代之而起。我就伸长了脖子拼命的查看起四面的路来，这时候我实在只想找出一条近而且坦的便道，好遵此便道而且赶回家去。因为现在我所立着的，是龙山北脉在头茅篷下折向南去的一条支岭的高头，东西南三面只是岩石和泥沙，没有一条走路的。若再回至头茅篷前，重沿了来时的那条石级，再下至惠山，则无缘无故便白白的不得不多走许多的回头曲路，大丈夫是不走回头路的，我一边心里虽在这样的同小孩子似的想着，但实在我的脚力也有点虚竭了。"啊啊，要是这儿有一所庵庙的话，那我就可以不必这样的着急了。"我一边尽在看四面的地势，一边心里还在作这样的打算，"这地点多么好啊，东面可以看无锡全市，西面可以见太湖的夕阳，后面是头茅篷的高顶，前面是朝正南的开原乡一带的村落，这里比起那头茅篷来，形势不晓要好几十倍。无锡人真没有眼睛，怎么会将这一块龙山南面的平坦的山岭这样的弃置着，而不来造一所庵庙的呢？唉唉，或者他们是将这一个好地方留着，留待我来筑室幽居的吧？或者几十年后将有人来，因我今天的在此一哭而为我起一个痛哭之台，而与我那故乡的谢氏西台来对立的吧？哈哈，哈哈。不错，很不错。"末后想到了这一个夸大妄想狂者的想头之后，我的精神也抖擞起来了，于是拔起脚跟，不管它有路没有路，只是往前向那条朝南斜拖下去的山坡下乱走。结果在乱石上滑坐了几次，被荆棘钩破了一块小襟和一双线袜，我跳过几块岩石，不到三十分钟，我也居然走到了那支荒山脚下的坟堆里了。

到了平地的坟树林里来一看，西天低处太阳还没有完全落尽，走到了离坟不远的一个小村子的时候，我看了看表，已经是五点多了。村里的人家，也已经在预备晚餐，门前晒在那里的干草豆萁，都已收拾得好好，老农老妇，都在将暗未暗的天空下，在和他们的孙儿孙女游耍。我走近前去，向他们很恭敬的问了问到梅园的路径，难得他们竟有这样的热心，居然把我领到了通汽车的那条大道之上。等我雇好了一乘黄包车坐上，回头来向他们道谢的时候，我的眼角上却又扑簌簌地滚下了两粒感激的大泪来。

五

山居清寂，梅园的晚上，实在是太冷静不过。吃过了晚饭，向庭前去一走，只觉得四面都是茫茫的夜雾和亩亩的荒田，人家也看不出来，更何况乎灯烛辉煌的夜市。绕出园门，正想拖了两只倦脚走向南面野田里去的时候，在黄昏的灰暗里我却在门边看见了一张有几个大字写在那里的白纸。摸近前去一看，原来是中华艺大的旅行写生团的通告。在这中华艺大里，我本有一位认识的画家C君在那里当主任的，急忙走回饭店，教茶房去一请，C君果然来了。我们在灯下谈了一会，又出去在园中的高亭上站立了许多时候，这一位不趋时尚，只在自己精进自己的技艺的画家，平时总老是讷讷不愿多说话的，然而今天和我的这他乡的一遇，仿佛把他的习惯改过来了，我们谈了些以艺术作了招牌，拼命的在运动做官做委员的艺术家的行为。我们又谈到了些设了很好听的名目，而实际上只在骗取青年学子的学费的艺术教育家的心迹。我们谈到了艺术的真髓，谈到了中国的艺术的将来，谈到了革命的意义，谈到了社会上的险恶的人心，到了叹声连发，不忍再谈下去的时候，高亭外的天色也完全黑了。两人伸头出去，默默地只看了一回天上的几颗早见的明星。我们约定了下次到上海时，再去江湾访他的画室的日期，就各自在黑暗里分手走了。

　　大约是一天跑路跑得太多了的缘故吧，回旅馆来一睡，居然身也不翻一个，好好儿的睡着了。约莫到了残宵二三点钟的光景，槛外的不知从哪一个庙里来的钟磬，尽是当当当当的在那里慢击。我起初梦醒，以为是附近报火的钟声，但披衣起来，到室外廊前去一看，不但火光看不出来，就是火烧场中老有的那一种叫噪的人号狗吠之声也一些儿听它不出。庭外如云如雾，静浸着一庭残月的清光。满屋沉沉，只充满着一种遥夜酣眠的呼吸。我为这钟声所诱，不知不觉，竟扣上了衣裳，步出了庭前，将我的孤零的一身，浸入了仿佛是要粘上衣来的月光海里。夜雾从太湖里蒸发起来了，附近的空中，只是白茫茫的一片。叉丫的梅树林中，望过去仿佛是有人立在那里的样子。我又慢慢的从饭店的后门，步上了那个梅园最高处的招鹤坪上。南望太湖，也辨不出什么形状来，不过只觉得那面的一块空阔的地方，仿佛是由千千万万的银丝织就似的，有月光下照的清辉，有湖波反射的银箭，还有如无却有，似薄还浓，一半透明，一半粘湿的湖雾湖烟，假如你把身子用力的朝南一跳，那这一层透明的白网，必能悠扬地牵举你起来，把你举送到王母娘娘的后宫深处去似的。这是我当初看了那湖天一角的景象的时候的感想，但当万籁无声的这一个月明的深夜，幽幽地慢慢地，被那远寺的钟声，当嗡，当嗡的接连着几回有韵律似的催告，我的知觉幻想，竟觉得渐渐地渐渐地麻木下去了，终至于什么也不想，什么也不干，两只脚柔软地跪坐了下去，眼睛也只同呆了似的盯视住了那悲哀的残月不能动了。宗教的神秘，人性的幽幻，大约是指这样的时候的这一种心理状态而说的吧，我像这样的和耶稣教会的以马内利的圣像似的，被那幽婉的钟声，不知魔伏了许多时，直到钟声停住，木鱼声发，和尚——也许是尼姑——的念经念咒的声音幽幽传到我耳边的时候，方才挺身立起，回到了那旅馆的居室里来，这时候大约去天明总也已经不远了吧？

回房不知又睡着了几个钟头，等第二次醒来的时候，前窗的帷幕缝中却漏入了几行太阳的光线来。大约时候总也已不早了，急忙起来预备了一下，吃了一点点心，我就出发到太湖湖上去。天上虽各处飞散着云层，但晴空的缺处，看起来仍可以看得到底的，所以我知道天气总还有几日好晴。不过太阳光太猛了一点，空气里似乎有多量的水蒸气含着，若要登高处去望远景，那像这一种天气是不行的，因为晴而不爽，你不能从厚层的空气里辨出远处的寒鸦林树来，可是只要看看湖上的风光，那像这样的晴天，也已经是尽够的了。并且昨晚上的落日没有看成，我今天却打算牺牲它一天的时日，来试试太湖里的远征，去找出些前人所未见的岛中僻景来，这是当走出园门，打杨庄的后门经过，向南走入野田，在走上太湖边上去的时候的决意。

太阳升高了，整洁的野田里已有早起的农夫在辟土了。行经过一块桑园地的时候，我且看见了两位很修媚的姑娘，头上罩着了一块白布，在用了一根竹竿，打下树上的已经黄枯了的桑叶来。听她们说这也是蚕妇的每年秋季的一种工作，因为枯叶在树上悬久了，那老树的养分不免要为枯叶吸几分去，所以打它们下来是很要紧的，并且黄叶干了，还可以拿去生火当柴烧，也是一举两得的事情。

在野田里的那条通至湖滨的泥路，上面铺着的尽是些细碎的介虫壳儿，所以阳光照射下来，有几处虽只放着明亮的白光，但有几处简直是在发虹霓似的彩色。

像这样的有朝阳晒着的野道，像这样的有林树小山围绕着的空间，况且头上又是青色的天，脚底下并且是五彩的地，饱吸着健康的空气，摆行着不急的脚步，朝南的走向太湖边去，真是多么美满的一幅清秋行乐图呀！但是风云莫测，急变就起来了，因为我走到了管社山脚，正要沿了那条山脚下新辟的步道走向太湖旁的一小湾，俗名五里湖滨的时候，在山道上朝着东面的五里湖心却有两位着武装背皮带的同志和一位穿长袍马褂的先生立在那里看湖面的扁舟。太阳光直射在他们的身上，皮带上的镀镍的金属，在放异样的闪光。我毫不留意地走近前去，而听了我的脚步声将头掉转来的他们中间的武装者的一位，突然叫了我一声，吃了一惊，我张开了大眼向他一看，原来是一位当我在某地教书的时候的从前的学生。

他在学校里的时候本来就是很会出风头的，这几年来际会风云，已经步步高升成了党国的要人了，他的名字我也曾在报上看见过几多次的，现在突然的在这一个地方被他那么的一叫，我真骇得颜面都变成了土色了，因为两三年来，流落江湖，不敢出头露面的结果，我每遇见一个熟人的时候，心里总要怦怦的惊跳。尤其是在最近被几位满含恶意的新闻记者大书了一阵我的叛党叛国的记载以后，我更是不敢向朋友亲戚那里去走动了。而今天的这一位同志，却是党国的要人，现任的中委机关里的常务委员，若论起罪来，是要从他的手中发落的，冤家路窄，这一关叫我如何的偷逃过去呢？我先发了一阵抖，立住了脚呆木了一下，既而一想，横竖逃也逃不脱了，还是大着胆子迎上去吧，于是就立定主意保持着若无其事的态度，前进了几步，和他握了握手。

"啊！怎么你也会在这里！"我很惊喜似的装着笑脸

问他。

"真想不到在这里会见到先生的，近来身体怎么样？脸色很不好哩!"他也是很欢喜地问我。看了他这样态度，我的胆子放大了，于是就造了一篇很圆满的历史出来报告给他听。

我说因为身体不好，到太湖边上来养病已经有二年多了，自从去年夏天起，并且因为闲空不过，就在这里聚拢了几个小学生来教他们的书，今天是礼拜，所以才出来走走，但吃中饭的时候却非要回去不可的，书房是在城外××桥××巷的第××号，我并且要请他上书房去坐坐，好细谈谈别后的闲天。我这大胆的谎语原也已经听见了他这一番来锡的任务之后才敢说的，因为他说他是来查勘一件重大党务的，在这太湖边上一转，午后还要上苏州去，等下次再有来无锡的机会的时候再来拜访，这是他的遁辞。

他为我介绍了那另外的两位同志，我们就一同的上了万顷堂，上了管社山，我等不到一碗清茶泡淡的时候，就设辞和他们告别了。这样的我在惊恐和疑惧里，总算访过了太湖，游尽了无锡，因为中午十二点的时候我已同逃狱囚似的伏在上行车的一角里在喝压惊的"苦配"啤酒了。这一次游无锡的回味，实在也同这啤酒的味儿差仿不多。

一九二八年十一月作者在途中记

钓台的春昼

　　因为近在咫尺，以为什么时候要去就可以去，我们对于本乡本土的名区胜景，反而往往没有机会去玩，或不容易下一个决心去玩的。正唯其是如此，我对于富春江上的严陵，二十年来，心里虽每在记着，但脚却从没有向这一方面走过。一九三一，岁在辛未，暮春三月，春服未成，而中央党帝，似乎又想玩一个秦始皇所玩过的把戏了，我接到了警告，就仓皇离去了寓居。先在江浙附近的穷乡里，游息了几天，偶尔看见了一家扫墓的行舟，乡愁一动，就定下了归计。绕了一个大弯，赶到故乡，却正好还在清明寒食的节前。和家人等去上了几处坟，与许久不曾见过面的亲戚朋友，来往热闹了几天，一种乡居的倦怠，忽而袭上心来了，于是乎我就决心上钓台去访一访严子陵的幽居。

钓台去桐庐县城二十余里，桐庐去富阳县治九十里不足，自富阳溯江而上，坐小火轮三小时可达桐庐，再上则须坐帆船了。

我去的那一天，记得是阴晴欲雨的养花天，并且系坐晚班轮去的，船到桐庐，已经是灯火微明的黄昏时候了，不得已就只得在码头近边的一家旅馆的高楼上借了一宵宿。

桐庐县城，大约有三里路长，三千多烟灶，一二万居民，地在富春江西北岸，从前是皖浙交通的要道，现在杭江铁路一开，似乎没有一二十年前的繁华热闹了。尤其要使旅客感到萧条的，却是桐君山脚下的那一队的花船失去了踪影。说起桐君山，原是桐庐县的一个接近城市的灵山胜地，山虽不高，但因有仙，自然是灵了。以形势来论，这桐君山，也的确是可以产生出许多口音生硬、别具风韵的桐严嫂来的生龙活脉；地处在桐溪东岸，正当桐溪和富春江合流之所，依依一水，西岸便瞰视着桐庐县市的人家烟树。南面对江，便是十里长洲；唐诗人方干的故居，就在这十里桐洲九里花的花田深处。向西越过桐庐县城，更遥遥对着一排高低不定的青峦，这就是富春山的山子山孙了。东北面山下，是一片桑麻沃地，有一条长蛇似的官道，隐而复现，出没盘曲在桃花杨柳洋槐榆树的中间；绕过一支小岭，便是富阳县的境界，大约去程明道的墓地程坟，总也不过一二十里地的间隔，我的去拜谒桐君，瞻仰道观，就在那一天到桐庐的晚上，是淡云微月，正在作雨的时候。

鱼梁渡头，因为夜渡无人，渡船停在东岸的桐君山下。我从旅馆蹀了出来，先在离轮埠不远的渡口停立了几分钟，后来向一位来渡口洗夜饭米的年轻少妇，弓身请问了一回，才得到了渡江的秘诀。她说："你只须高喊两三声，船自会来的。"先谢了她教我的好意，然后以两手围成了播音的喇叭，"喂，喂，船渡请摇过来！"地纵声一喊，果然在半江的黑影当中，船身摇动了。渐摇渐近，五分钟后，我在渡口，却终于听出了咿呀柔橹的声音。时间似乎已经入了酉时的下刻，小市里的群动，这时候都已经静息；自从渡口的那位少妇，在微茫的夜色里，藏去了她那张白团团的面影之后，我独立在江边，不知不觉心里头却兀自感到了一种他乡日暮的悲哀。渡船到岸，船头上起了几声微微的水浪清音，又铜东的一响，我早已跳上了船，渡船也已经掉过头来了。坐在黑沉沉的舱里，我起先只在静听着柔橹划水的声音，然后却在黑影里看出了一星船家在吸着的长烟管头上的烟火，最后因为沉默压迫不过，我只好开口说话了："船家！你这样的渡我过去，该给你几个船钱？"我问。"随你先生把几个就是。"船家说话冗慢幽长，似乎已经带着些睡意了，我就向袋里摸出了两角钱来。"这两角钱，就算是我的渡船钱，请你候我一会，上去烧一次夜香，我是依旧要渡过江来的。"船家的回答，只是嗯嗯、呜呜，幽幽同牛叫似的一种鼻音，然而从继这鼻音而起的两三声轻快的喀声听来，他却已经在感到满足了，因为我也知道，乡间的义渡，船钱最多也不过是两三枚铜子而已。

到了桐君山下，在山影和树影交掩着的崎岖道上，我上岸走不上几步，就被一块乱石绊倒，滑跌了一次。船家似乎也动了恻隐之心了，一句话也不发，跑将上来，他却突然交给了我一盒火柴。我于感谢了一番他的盛意之后，重整步武，再摸上山去，先是必须点一枝火柴走三五步路的，但到得半山，路既就了规律，而微云堆里的半规月色，也朦胧地现出一痕银线来了，所以手里还存着的半盒火柴，就被我藏入了袋里。路是从山的西北，盘曲而上；渐走渐高，半山一到，天也开朗了一点，桐庐县市上的灯光，也星星可数了。更纵目向江心望去，富春江两岸的船上和桐溪合流口停泊着的船尾船头，也看得出一点一点的火来。走过半山，桐君观里的晚祷钟鼓，似乎还没有息尽，耳朵里仿佛听见了几丝木鱼钲钹的残声。走上山顶，先在半途遇着了一道道观外围的女墙，这女墙的栅门，却已经掩上了。在栅门外徘徊了一刻，觉得已经到了此门而不进去，终于是不能满足我这一次暗夜冒险的好奇怪癖的。所以细想了几次，还是决心进去，非进去不可，轻轻用手往里面一推，栅门却呀的一声，早已退向了后方开开了，这门原来是虚掩在那里的。进了栅门，踏着为淡月所映照的石砌平路，向东向南的前走了五六十步，居然走到了道观的大门之外，这两扇朱红漆的大门，不消说是紧闭在那里的。到了此地，我却不想再破门进去了，因为这大门是朝南向着大江开的。门外头是一条一丈来宽的石砌步道，步道的一旁是道观的墙，一旁便是山坡，靠山坡的一面，并且还有一道二尺来高的石墙筑在那里，大约是代替栏杆，防人倾跌下山去的用意；石墙之上，铺的是二三尺宽的青石，在这似石栏又似石凳的墙上，尽可以坐卧游息，饱看桐江和对岸的风景，就是在这里坐它一晚，也很可以，我又何必去打开门来，惊起那些老道的噩梦呢？

空旷的天空里，流涨着的只是些灰白的云，云层缺处，原也看得出半角的天，和一点两点的星，但看起来最饶风趣的，却仍是欲藏还露，将见仍无的那半规月影。这时候江面上似乎起了风，云脚的迁移，更来得迅速了，而低头向江心一看，几多散乱着的船里的灯光，也忽明忽灭地变换了一变换位置。

这道观大门外的景色，真神奇极了。我当十几年前，在放浪的游程里，曾向瓜州京口一带，消磨过不少的时日；那时觉得果然名不虚传的，确是甘露寺外的江山，而现在到了桐庐，昏夜上这桐君山来一看，又觉得这江山的秀而且静，风景的整而不散，却非那天下第一江山的北固山所可与比拟的了。真也难怪得严子陵，难怪得戴徵士，倘使我若能在这样的地方结屋读书，以养天年，那还要什么的高官厚禄，还要什么的浮名虚誉哩？一个人在这桐君观前的石凳上，看看山，看看水，看看城中灯火和天上的星云，更做做浩无边际的无聊的幻梦，我竟忘记了时刻，忘记了自身，直等到隔江的击柝声传来，向西一看，忽而觉得城中的灯影微茫地减了，才跑也似的走下了山来，渡江奔回了客舍。

第二日侵晨，觉得昨天在桐君观前做过的残梦正还没有续完的时候，窗外面忽而传来了一阵吹角的声音。好梦虽被打破，但因这同吹筚篥似的商音哀咽，却很含着些荒凉的古意，并且晓风残月，杨柳岸边，也正好候船待发，上严陵去；所以心里纵怀着了些儿怨恨，但脸上却只现出了一痕微笑，起来梳洗更衣，叫茶房去雇船去。雇好了一只双桨的渔舟，买就了些酒菜鱼米，就在旅馆前面的码头上上了船。轻轻向江心摇出去的时候，东方的云幕中间，已现出了几丝红韵，有八点多钟了；舟师急得厉害，只在埋怨旅馆的茶房，为什么昨晚不预先告诉，好早一点出发。因为此去就是七里滩头，无风七里，有风七十里，上钓台去玩一趟回来，路程虽则有限，但这几日风雨无常，说不定要走夜路，才回来得了的。

过了桐庐，江心狭窄，浅滩果然多起来了。路上遇着的来往的行舟，数目也是很少，因为早晨吹的角，就是往建德去的快班船的信号，快班船一开，来往于两埠之间的船就不十分多了。两岸全是青青的山，中间是一条清浅的水，有时候过一个沙洲，洲上的桃花菜花，还有许多不晓得名字的白色的花，正在喧闹着春暮，吸引着蜂蝶。我在船头上一口一口的喝着严东关的药酒，指东话西地问着船家，这是什么山？那是什么港？惊叹了半天，称颂了半天，人也觉得倦了，不晓得什么时候，身子却走上了一家水边的酒楼，在和数年不见的几位已经做了党官的朋友高谈阔论。谈论之余，还背诵了一首两三年前曾在同一的情形之下做成的歪诗：

不是尊前爱惜身，伴狂难免假成真，
曾因酒醉鞭名马，生怕情多累美人。

劫数东南天作孽，鸡鸣风雨海扬尘，

悲歌痛哭终何补，义士纷纷说帝秦。

直到盛筵将散，我酒也不想再喝了，和几位朋友闹得心里各自难堪，连对旁边坐着的两位陪酒的名花都不愿意开口。正在这上下不得的苦闷关头，船家却大声的叫了起来说：

"先生，罗芷过了，钓台就在前面，你醒醒吧，好上山去烧饭吃去。"

擦擦眼睛，整了一整衣服，抬起头来一看，四面的水光山色又忽而变了样子了。清清的一条浅水，比前又窄了几分，四围的山包得格外的紧了，仿佛是前无去路的样子。并且山容峻削，看去觉得格外的瘦格外的高。向天上地下四围看看，只寂寂的看不见一个人类。双桨的摇响，到此似乎也不敢放肆了，钩的一声过后，要好半天才来一个幽幽的回响，静，静，静，身边水上，山下岩头，只沉浸着太古的静，死灭的静，山峡里连飞鸟的影子也看不见半只。前面的所谓钓台山上，只看得见两个大石垒，一间歪斜的亭子，许多纵横芜杂的草木。山腰里的那座祠堂，也只露着些废垣残瓦，屋上面连炊烟都没有一丝半缕，像是好久好久没人住了的样子。并且天气又来得阴森，早晨曾经露一露脸过的太阳，这时候早已深藏在云堆里了，余下来的只是时有时无从侧面吹来的阴飕飕的半箭儿山风。船靠了山脚，跟着前面背着酒菜鱼米的船夫，走上严先生祠堂去的时候，我心里真有点害怕，怕在这荒山里要遇见一个干枯苍老得同丝瓜筋似的严先生的鬼魂。

在祠堂西院的客厅里坐定，和严先生的不知第几代的裔孙谈了几句关于年岁水旱的话后，我的心跳，也渐渐儿的镇静下去了，嘱托了他以煮饭烧菜的杂务，我和船家就从断碑乱石中间爬上了钓台。

东西两石垒，高各有二三百尺，离江面约两里来远，东西台相去，只有一二百步，但其间却夹着一条深谷，立在东台，可以看得出罗芷的人家，回头展望来路，风景似乎散漫一点，而一上谢氏的西台，向西望去，则幽谷里的清景，却绝对的不像是在人间了。我虽则没有到过瑞士，但到了西台，朝西一看，立时就想起了曾在照片上看见过的威廉退儿的祠堂。这四山的幽静，这江水的青蓝，简直同在画片上的珂罗版色彩，一色也没有两样；所不同的，就是在这儿的变化更多一点，周围的环境更芜杂不整齐一点而已，但这却是好处，这正是足以代表东方民族性的颓废荒凉的美。

从钓台下来，回到严先生的祠堂——记得这是洪杨以后严州知府戴槃重建的祠堂——西院里饱啖了一顿酒肉，我觉得有点酩酊微醉了。手拿着以火柴柄制成的牙签，走到东面供着严先生神像的龛前，向四面的破壁上一看，翠墨淋漓，题在那里的，竟多是些俗而不雅的过路高官的手笔。最后到了南面的一块白墙头上，在离屋檐不远的一角高处，却看到了我们的一位新近去世的同乡夏灵峰先生的四句似邵尧夫而又略带感慨的诗句。夏灵峰先生虽则只知崇古，不善处今，但是五十年来，像他那样的顽固自尊的亡清遗老，也的确是没有第二个人。比较起现在的那些官迷财迷的南满尚书和东洋宦婢来，他的经术言行，姑且不必去论它，就是以骨头来称称，我想也要比什么罗三郎郑太郎辈，重到好几百倍。慕贤的心一动，熏人的臭技自然是难熬了，堆起了几张桌椅，借得了一支破笔，我也在高墙上在夏灵峰先生的脚后放上了一个陈屁，就是在船舱的梦里，也曾微吟过的那一首歪诗。

从墙头上跳将下来，又向龛前天井去走了一圈，觉得酒后的喉咙，有点渴痒了，所以就又走回到了西院，静坐着喝了两碗清茶。在这四大无声，只听见我自己的啾啾喝水的舌音冲击到那座破院的败壁上去的寂静中间，同惊雷似的一响，院后的竹园里却忽而飞出了一声闲长而又有节奏似的鸡啼的声来。同时在门外面歇着的船家，也走进了院门，高声的对我说：

"先生，我们回去吧，已经是吃点心的时候了，你不听见那只公鸡在后山啼么？我们回去吧！"

一九三二年八月在上海写

临平登山记

曾坐沪杭甬的通车去过杭州的人，想来谁也看到过临平山的一道青嶂。车到了硖石，平地里就有起几堆小石山来了，然而近者太近，远者太小，不大会令人想起特异的关于山的概念。一到临平，向北窗看到了这眠牛般的一排山影，才仿佛是叫人预备着到杭州去看山看水似的，心里会突然的起一种变动；觉得杭州是不远了，四周的环境，确与沪宁路的南段，沪杭甬路的东段，一望平原，河流草舍很多的单调的景色不同了。这临平山的顶上，我一直到今年，才去攀涉，回想起来，倒也有一点浅淡的佳趣。

临平不过是杭州——大约是往日的仁和县管的吧？——一个小镇，介在杭州海宁二县之间，自杭州东去，至多也不到六七十里地的路程。境内河流四绕，可以去湖州，可以去禾郡，也可以去松江上海，直到天边。因之沿河的两岸（是东西的）交河的官道（是南北的）之旁，就自然而然地成了一个部落。居民总有八九百家，柳叶菱塘，桑田鱼市，麻布袋，豆腐皮，酱鸭肥鸡，茧行藕店，算将起来，一年四季，农产商品，倒也不少。在一条丁字路的转弯角前，并且还有一家青帘摇漾的杏花村——是酒家的雅号，本名仿佛是聚贤楼。——乡民朴素，禁令森严，所以妓馆当然是没有的，旅馆也不曾看到，但暗娼有无，在这一个民不聊生民又不敢死的年头，我可不能够保。

我们去的那天，是从杭州坐了十点左右的一班慢车去的，一则因为左近的三位朋友，那一日正值着假期；二则因为有几位同乡，在那里处理乡村的行政，这几位同乡听说我近来侘傺无聊，篇文不写，所以请那三位住在我左近的朋友约我同去临平玩玩，或者可以散散心，或者也可以壮壮胆，不要以为中国的农村完全是破产了，中国人除几个活大家死之外别无出路了。等因奉此地到了临平，更在那家聚贤楼上，背晒着太阳喝了两斤老酒，兴致果然起来了，把袍子一脱，我们就很勇猛地说："去，去爬山去！"

缓步西行（出镇往西），靠左手走过一个桥洞，在一条长蛇似的大道之旁，远远就看得见一座银匠店头的招牌那么的塔，和许多名目也不大晓得的疏疏落落的树。地理大约总可以不再过细地报告了吧，北面就是那支临平山，南面岂不又是一条小河么？我们的所以不从临平山的东首上山，而必定要走出镇市——临平市是在山的东麓的——走到临平山的西麓去者，原因是为了安隐寺里的一棵梅树。

安隐寺，据说，在唐宣宗时，名永兴院，吴越时名安平院。至宋治平二年，始赐今名。因为明末清初的那位西泠十子中的临平人沈去矜，好闲多事，做了一部《临平记》，所以后来的临平人，也做出了不少的文章，其中最好的一篇，便是安隐寺里的那棵所谓"唐梅"的梅树。

安隐寺，在临平山的西麓，寺外面有一口四方的小井，井栏上刻着"安平泉"的三个不大不小的字。诸君若要一识这安平泉的伟大过去，和沿临平山一带的许多寺院的兴废，以及鼎湖的何以得名，孙皓的怎么亡国（我所说的是天玺改元的那一回事情）等琐事的，请去翻一翻沈去矜的《临平记》，张大昌的《临平记补遗》，或田汝成的《西湖游览志余》等就得，我在这里，只能老实地说，那天我们所看到的安隐寺，实在是坍败得可以，寺里面的那一棵出名的"唐梅"，树身原也不小，但我却怎么也不想承认它是一千几百年前头的刁钻古怪鬼灵精。你且想想看，南宋亡国，伯颜丞相，岂不是由临平而入驻皋亭的么？那些羊膻气满身满面的元朝鞑子，哪里肯为中国人保留着这一株枯树？此后还有清朝，还有洪杨的打来打去，庙之不存，树将焉附，这唐梅若果是真，那它可真是不怕水火，不怕刀兵的活宝贝了，我们中国还要造什么飞机高射炮呢？同外国人打起仗来，岂不只教擎着这一棵梅树出去就对？

在冷气逼人的安隐寺客厅上吃了一碗茶，向四壁挂在那里的霉烂的字画致了一致敬，付了他们四角小洋的茶钱之后，我们就从不知何时被毁去的西面正殿基的门外，走上了山，沿山脚的一带，太阳光里，有许多工人，只穿了一件小衫，在那里劈柴砍树。我看得有点气起来了，所以就停住了脚，问他们："这些树木，是谁教你们来砍的？""除了这些山的主人之外还有谁呢？"这回话倒也真不错，我呆张着目，看看地上纵横睡着的拳头样粗的松杉树干，想想每年植树节日的各机关和要人等贴出来的红绿的标语传单，喉咙头好像冲起来了一块面包。呆立了一会，看看同来的几位同伴，已经上山去得远了，就只好屁也不放一个，旋转身子，狠狠地踏上了山腰，仿佛是山上的泥沙碎石，得罪了我的样子。

这一口看了工人砍树伐山而得的气闷，直到快爬上山顶的时候，才兹吐出。临平山虽则不高，但走走究竟也有点吃力，喘气喘得多了，肚子里自然会感到一种清空，更何况在山顶上坐下的一瞬间，远远地又看得出钱塘江一线的空明缭绕，越山隔岸的无数青峰，以及脚下头临平一带的烟树人家来了呢！至于在沪杭甬路轨上跑的那几辆同小孩子玩具似的客车，与火车头上在乱吐的一圈一圈的白烟，那不过是将死风景点一点活的手笔，像麦克白夫妇当行凶的当儿，忽听到了醉汉的叩门声一样，有了原是更好，即使没有，也不会使人感到缺恨的。

从临平山顶上看下来的风景，的确还有点儿可取。从前我曾经到过兰溪，从兰溪市上，隔江西眺横山，每感到这座小小的兰阴山真太平淡，真是造物的浪费，但第二日身入了此山，到山顶去向南向东向西向北的一看，反觉得游兰溪者这横山决不可不到了。临平山的风景，就同这山有点相像；你远看过去，觉得临平山不过是一支光秃的小山而已，另外也没有什么奇特，但到山顶去俯瞰下来，则又觉得杭城的东面，幸亏有了它才可以说是完满。我说这话，并不是因受了临平人的贿赂，也不是想夺风水先生——所谓堪舆家也——们的生意，实在是杭州的东面太空旷了，有了临平山，有了皋亭，黄鹤一带的山，才补了一补缺。这是从风景上来说的话，与什么临平湖塞则天下治，湖开则天下乱等倒果为因的妄揣臆说，却不一样。

临平山顶，自西徂东，曲折高低的山脊线，若把它拉将直来，大约总也有里把路长的样子。在这里把路的半腰偏东，从山下望去，有一围黄色的墙头露出，像煞是巨象身上的一只木斗似的地方，就是临平人最爱夸说的龙洞的道观了。这龙洞，临平的乡下人，谁也晓得，说是小康王曾在洞里避过难。其实呢，这又是以讹传讹的一篇乡下文章而已。你猜怎么着？这临平山顶，半腰里原是有一个大洞的。洞的石壁上贴地之处，有"翼拱之凌晨游此，时康定元年四月八日"的两行字刻在那里。小康王也是一个康，康定元年也是一个康，两康一混，就混成了小康王的避难。大约因此也就成全了那个道观，龙洞道观的所以得至今庙貌重新，游人争集者，想来小康王的功劳，一定要居其大半。可是沈谦的《临平记》里，所说就不同了，现在我且抄一段在这里，聊以当作这一篇《临平登山记》的尾巴，因为自龙山出来，天也差不多快晚了，我们也就跑下了山，赶上了车站，当日重复坐四等车回到了杭州的缘故：

仁宗皇帝康定元年夏四月，翼拱之来游临平山细砺洞。

谦曰：吾乡有细砺洞，在临平山巅，深十余丈，阔二丈五尺，高一丈五尺，多出砺石，本草所称"砺石出临平"者，即其地也；至是者无不一游，自宋至

102

今，题名者数人而已，然多漶漫不可读，而攀跻洗剔，得此一人，亦如空谷之足音，跫然而喜矣。

又曰：谦闻洞中题名旧矣，向未见。甲申四月八日，里人例有祈年之举，谦同友人往探，因得见其真迹。字在洞中东北壁，惟翼字最大，下两行分书之，微有丹漆，乃里人郭伯邑所润色，今则剥落殆尽，其笔势，遒劲如颜真卿格，真奇迹也。洞西面，又凿有"窦缄"二字，无年月可考，亦不解其义，意者，游人有窦姓者邪？至于满洞镂刻佛像，或是杨髡灵鹫之余波也。

（《临平记》卷一·十九页）

一九三四年三月

雁荡山的秋月

古人并称上天台、雁荡；而宋范成大序《桂海岩洞志》，亦以为天下同称的奇秀山峰，莫如池之九华，歙之黄山，括之仙都，温之雁荡，夔之巫峡。大约范成大，没有到过关中，故终南华山，不曾提及。我们南游三日，将天台东北部的高山飞瀑（西部寒岩、明岩未去），略一飞游——并非坐了飞机去游，是开特快车游山之意——之后，急欲去雁荡，一赏鬼工镌雕的怪石奇岩，与夫龙湫大瀑，十月二十七日在天台国清寺门前上车，早晨还只有七点。

自天台去雁荡山所在的乐清县北，要经过临海、黄岩、温岭等县。到临海（旧章安城）的东南角巾山山下，还要渡过灵江，汽车方能南驶，现在公路局筑桥未竣，过渡要候午潮；所以我们到了临海之后，倒得了两三个钟头的空，去东湖拜了忠逸樵夫之祠，上巾山的双塔下，看了华胥洞，黄华丹井——巾山之得名，盖因黄华升仙，落帻于此——等古迹，到十二点钟左右，才乘潮渡过江去。临海的山容水貌，也很秀丽，不过还不及富春江的高山大水，可以令人悠然忘去了人世。自临海到黄岩，要经过括苍山脉东头的一条大岭，岭头有一个仙人桥站；自后徐经仙人桥至大道地的三站中间，汽车尽在山上曲折旋绕，路线有点像昱岭关外与仙霞岭南的样子；据开车的司机说这一条岭共有八十四弯，形势的险峻，也可想而知。

黄岩县城北，也有一条永江要渡，桥也尚未筑成；不过此处水深，不必候潮，所以车子一到，就渡了过去。县城的东北，江水的那边，三江口上，更有一枝亭山在俯瞰县城；半山中有一簇树，一个白墙头的庙，在阳光里吐气，想来总又是黄岩县的名胜了，遥望而过。黄岩一县内，多橘子树园；树并不高，而金黄的橘实，都结得累累欲坠，在返射斜阳；车驰过处，风味倒也异样，很像我年青的时候，在日本纪州各处旅行时的光景。

自黄岩经温岭到乐清县的离大荆城南五里路的地方，村名叫作水积（或名积水，不知是哪二个字？），前临大海，海中有岛，后峙双旗冈峰，峰中也有叠嶂一排，在暗示着雁荡的奇峰怪石。游人到此，已经有点心痒难熬的样子了，因为隔一条溪，隔一重山，在夕阳下，早就看得出谢公岭外老僧送客之类的奇形怪状的石岩阴影；北来自大溪镇到此，约有三十余里的行程。

在雁荡第一重口外，再渡过那条自石门潭流下来的清溪，西驰七八里，过白溪，到响岭头，就是雁荡东外谷的口子，汽车路筑到此地为止，雁荡到了。

在口外下车，远望进去，只看见了几个巉屼的石峰尖。太阳已经快下山了，我们是由东向西而入谷的，所以初走进去的时候，一眼并不看见什么。但走了半里多上灵岩寺去的石砌路后，渡过石桥，忽而一变，千千万万的奇异石壁，都同天上刚掉下去似的，直立在我们的四周；一条很大很大的溪水，穿在这些绝壁的中间，在向东缓流出来。壁来得太高太陡，天只剩下了狭狭的一条缝，日已下山，光线不似日间的充足。石壁的颜色，又都灰黑，壁缝里的树木，也生得屈曲有一种怪相；我们从东外谷走入内谷的七八里地路上，举头向前后左右望望，几乎被胁得连口都不敢开了。山谷的奇突，大与寻常习见的样子不同，叫人不得不想起诗圣但丁的《神曲》，疑心我们已经跟了那位罗马诗人，入了别一个境界。

在龙王庙前折向了北去，头脑里对于一路上所见的峰嶂的名目，如猴披衣、蓼花嶂、响嵩门、霞嶂洞、听诗叟、双鲤峰之类，还没有整理得清楚，景色一变，眼前又呈出了一幅更清幽、更奇怪、更伟大的画本。原来这东内谷里的向北去灵岩寺谷里的一区，是雁荡的中心，也是雁荡山杰作里的顶点。初入是一条清溪，许多树木与竹林。再进，劈面就是一排很高很长，像罗马古迹似的展旗嶂，崛起在天边，直挂向地下，后方再高处又是一排屏霞嶂，这屏霞嶂前，左右环抱，尽是一枝一枝的千万丈高的大石柱，高可以不必说，面积之大周围也不知有多少里；而最奇的，是这些大柱的头和脚，大小是一样的，所以都是绝壁，都是圆柱。小龙湫瀑布，也就在灵岩寺西北的一大石峰上，从顶点直泻下来的奇景。灵岩寺，看着很小很小，隐藏在这屏霞嶂脚、顶珠峰、展旗峰、石屏风（全在寺东）与天柱峰、双鸾峰、卷图峰、独秀峰、卓笔峰（全在寺西）等的中间；地位的好，峰岩的多而且奇，只有永康方岩的五峰书院，可以与它比比；但方岩只是伟大了一点，紧凑却还不及这里。

灵岩寺的开辟，在宋太平兴国四年，僧行亮神昭为其始祖，后屡废屡兴；现在的寺，却是数年前，由护法者蒋叔南、潘耀庭诸君所募建。蒋君今年夏季去世，潘君现任雁荡山风景区整理委员，住在寺中；当家僧名成圆，亦由蒋潘诸君自宁波去迎来者，人很能干，具有实际办事的手腕。

在灵岩寺的西楼住下之后，天已经黑了。先去请教也住在寺中、率领黄岩中学学生来雁荡旅行的两位先生，问我们在雁荡，将如何的游法？因为他们已经在灵岩寺住了三日，打算于明晨出发回黄岩去了。饭后又去请了潘委员来，打听了一番雁荡山大概的情形。

雁荡山的总括，可以约略的先在此地说一说：第一，山在乐清县东北九十里，系亘立东西的一排连山，东起石门潭，西迄白岩六十里；北自甸岭，南至斤竹涧口四十里；自东向西，历来分成东外谷、东内谷、西内谷、西外谷的四部，以马鞍岭为界而分东西。全山周围，合外境有四百二十里。雁山北部，更有南阁谷、北阁谷二区，以溪分界；南阁南至石柱北至北屏山二里，东至马屿，西至会仙峰十六里；北阁村南北二里，东西五里，西北极甸岭山，为雁荡北址。

雁山开山者相传为晋诺讵那尊者，凡百有二峰，六十一岩，四十六洞，十八刹，十六亭，十七潭，十三瀑。入游之路线，有四条。（一）东路从白溪经响岭头自东南入谷，就是我们所经之路线。（二）北路由大荆越谢公岭自东北入谷至岭峰。（三）南路由小芙蓉经四十九盘岭自南入谷至能仁寺，从乐清来者率由此。（四）西路从大芙蓉自西南经本觉寺至梅雨潭。

峰之最高者为百冈尖，高一万一千五百公尺，雁湖在西外谷连霄岭上，高九千公尺。①

这雁荡山的梗概，是根据潘委员的口述，和《广雁荡山志》及《雁山全图》而摘录下来的；我们因为走马游山，前后只有三日工夫好费，还要包括出发和到着的日期在内，所以许多风景，都只能割爱；晚上就和潘委员在灯下拟定明日只看西石梁的大瀑布，大龙湫瀑，梅雨潭，回至能仁寺午餐。略游斤竹涧就回灵岩寺宿；出发之日（即第三日），午前一游净名寺，至灵峰略看看观音洞北斗洞等，就出响岭头由原路出发回去。北部的绝景，中央的百冈尖当然是不能够去，就如显胜门、龙溜等处，一则因无时间，二则因无大路无宿处，也只能等下次再来了。这样拟定了游程之后，预期着明天的一天劳顿，我们就老早的爬上了床去。

约莫是午前的三四点钟，正梦见了许多岩壁，在四面移走拢来，几乎要把我的渺渺五尺之躯，压成粉碎的时候，忽而耳边一阵喇叭声，一阵嘈杂声起来了。先以为是山寺

---

① 疑误。据查，百冈尖海拔1150米；雁湖冈海拔900余米。

里起了火，急起披衣，踏上了西楼后面的露台去一看：既不见火，又不见人，周围上下，只是同海水似的月光，月光下又只是同神话中的巨人似的石壁，天色苍苍，只余一线，四围岑寂，远远地也听得见些断续的人声。奇异，神秘，幽寂，诡怪，当时的那一种感觉，我真不知道要用些什么字来才形容得出！起初我以为还在连续着做梦，这些月光，这些山影，仍旧是梦里的畸形；但摸摸石栏，看看那支谁也要被它威胁压倒的天柱石峰与峰头的一片残月，觉得又太明晰，太正确，绝不像似梦里的神情。呆立了一会，对这雁荡山中的秋月顶礼了十来分钟，又是一阵喇叭声，一阵整队出发报名数的号令声传过来了，到此我才明白，原来我并不是在做梦，是那一批黄岩中学的学生要出发赶上大溪去坐轮船去了！这一批学生的叫唤，这一批青年的大胆行为，既救了我梦里的危急，又指示给我了这一幅清极奇极的雁山夜月的好画图，我的心里，竟莫名其妙的感激起来了，跑下楼去，就对他们的两位临走的教师热烈地握了一回手；送他们出了寺门以后，我并且还在月光下立着，目送他们一个个小影子渐渐地被月光岩壁吞没了下去。

雁荡山中的秋月！天柱峰头的月亮！我想就是今天明天，一处也不游，便尔回去，也尽可以交代得过去，说一声"不虚此行"了，另外还更希望什么呢？所以等那些学生们走后，我竟像疯子一样一个人在后面楼外的露台上呆对着月光峰影，坐到了天明，坐到了日出，这一天正是旧历九月二十的晚上廿一的清晨。

等同去的文伯，及偶然在路上遇着成一伙的奥伦斯登、科伯尔厂经理毕士敦Mr. H. H. Bernstein与戴君起来，一齐上轿，到大龙湫的时候，太阳已经升得很高，似在巳午之间了。一路上经下灵岩村、三官殿、上灵岩村，过马鞍岭。在左右手看了些五指峰、纱帽峰、老鼠峰、猫峰、观音峰、莲台嶂、祥云峰、小剪刀峰之类，形状都很像，峰头都很奇；但因为太多了，到后来几乎想向在说明的轿夫讨饶，请他不要再说，怕看得太多，眼睛里脑里要起消化不良之症。

大龙湫的瀑布，在江南瀑布当中真可以称霸，因为石壁的高，瀑身的大，潭影的清而且深，实在是江浙皖几省的瀑布中所少有的。我们到雁荡之先，已经是旱得很久了。故而一条瀑布，直喷下来，在上面就成了点点的珠玉。一幅真珠帘，自上至地，有三四千丈高，百余尺阔；岩头系突出的，帘后可以通人，立在与日光斜射之处，无论何时，都看得出一条虹影。凉风的飒爽，潭水的清澄，和四围山岭的重叠，是当然的事情了，在大龙湫瀑布近旁，这些点景的余文，都似乎丧失了它们的价值，瀑布近旁的摩崖石刻，很多很多，然而无一语，能写得出这大龙湫的真景。《广雁荡山志》上，虽则也载了不少的诗词歌赋，来咏叹此景，但是身到了此间，哪里还看得起这些秀才的文章呢？至于画画，我想也一定不能把它的全神传写出来的，因为画纸决没有这么长，而溅珠也决没有这样的匀而且细。

出大龙湫，经瑞鹿峰、剪刀峰（侧看是一帆峰）下，沿大锦溪过华严岭罗汉寺前，能在石壁的半空中看得出一座石刻的罗汉像。斧凿的工巧有艺术味，就是由我这不懂雕刻的野人看来，也觉得佩服之至。从此经竹林，过一条很高很长的东岭，遥望着芙蓉峰、观音岩等（雁湖的一峰是在东岭岭上可以看见的）。绕骆驼洞下面至西石梁的大瀑布。

西石梁是一块因风化而中空下坠的大石梁，下有一个老尼在住的庵，西面就是大瀑布。这瀑布的高大，与大龙湫瀑布等，但不同之处，是在它的自成一景，在石壁中流。一块数千丈的石壁，经过了几千万年的冲击，中间成了一个圆形大柱式的空洞，两面围抱突出，中间是一数丈宽数千丈高的圆洞，瀑布就从上面沿壁在这空圆洞里直泻下来。下面的潭，四壁的石，和草树清溪，都同大龙湫差仿不多。但西面连山，雁荡山的西尽头，差不多就快到了，而这瀑布之上，山顶平处，却又是一大村落；山上复有山，世外是桃源的情景，正和天台山的桐柏乡，曲异而工同。

从西石梁瀑布顺原路回来，路上又去看了梅雨潭及潭前的一座含珠峰，仍过东岭，到了自芙蓉南来经四十九盘岭可到的能仁寺里。

这能仁寺在西内谷丹芳岭下，系宋咸平二年僧全了所建。本来是雁荡山中的最大的丛林，有一宋时的大铁锅在可以作证，现在却萧条之至，大殿禅房，还都在准备建筑中。寺前有燕尾瀑，顺溪南流，成斤竹涧，绕四十九盘岭，可至小芙蓉；这一路路上风景的清幽绝俗，当为雁山全景之冠，可惜我们没有时间，只领略了一个大概，就赶回了灵岩寺来宿。

这一天的傍晚，本拟上寺右的天窗洞，寺左的龙鼻水去拜观灵岩寺的二奇的，但因白天跑了一天，太辛苦了，大家不想再动。我并且还忘不了今晨似的山中的残月，提议明朝也于三时起床，踏月东下，先去看了灵峰近旁的洞石，然后去响岭头就行出发，所以老早就吃了夜饭，老早就上了床。

然而胜地不常，盛筵难再，第二日早晨，虽则大家也忍着寒，抛着睡，于午前三点起了身，可是淡云蔽月，光线不明；我们真如在梦里似的走了七八里路，月亮才兹露面。而玩月光玩得不久，走到灵峰谷外朝阳洞下的时候，太阳却早已出了海，将月光的世界散文化了。

不过在残月下，晨曦里的灵峰山景，也着实可观，着实不错；比起灵岩的紧凑来，只稍稍觉得疏散一点而已。

灵峰寺是在东谷口内向北两三里地的地方，东越谢公岭可达大荆。近旁有五老峰、斗鸡峰、幞头峰、灵芝峰、犀角峰、果盒岩、船岩、观音洞、北斗洞、苦竹洞、将军洞、长春洞、响板洞诸名胜，顺鸣玉溪北上，三里可达真际寺。寺为宋天圣元年僧文吉所建，本在灵峰峰下，不知几百年前，这峰因风化倒了，寺屋尽毁。现在在这到灵峰下的一块隙地上，方在构木新筑灵峰寺。我们先在果盒岩的溪亭上坐了一会，就攀援上去，到观音洞去吃早餐。

两岩侧向，中成一洞，洞高二三百丈；最上一层，人迹所不能到，但洞中生有大树一株，系数百年物，枝叶茂盛，从远处望来，了了可见。下一层是观音洞的选物场，洞中宽广，建有大殿，并五百应真的石刻。东面一水下滴成池，叫作洗心泉，旁有明刻宋刻的题名记事碑无数。自此处一层一层的下去，有四五层楼三四百石级的高度；洞的高广，在雁荡山当中，以此为最。最奇怪的，是在第三层右手壁上的一个石佛，人立右手洞底，向东南洞口远望出去，俨然是一座地藏菩萨的侧面形，但跑近前去一看，则什么也没有了，只一块突出的方石。上一层的右手壁上还有一个一指物，形状也极像，不过小得很。

看了灵岩灵峰近边的峰势，看了观音洞（亦名合掌洞）里的建筑及大龙湫等，我们以为雁荡的山峰岩洞溪瀑等，也已经大略可以想象得出了，所以旁的地方，也不想再去走，只到北斗洞去打了一个电话，叫汽车的司机早点预备，等我们一出谷口，就好出发。

总之，雁荡本是海底的奇岩，出海年月，比黄山要新，所以峰岩峻削，还有一点锐气，如山东劳山①的诸峰。今年春间，欲去黄山而未果，但看到了黄山前卫的齐云、白岳，觉得神气也有点和灵峰一带的山岩相像。在迎着太阳走出谷来，上汽车去的路上，我和文伯，更在坚订后约，打算于明年以两个月的工夫，去歙县游遍黄山，北下太平，上青阳南面的九华。然后出长江，息匡庐，溯江而上，经巫峡，下峨嵋②，再东下沿汉水而西入关中，登太华以笑韩愈，入终南而学长生，此行若果，那么我们的志愿也毕，可以永永老死在篷窗陋巷之中了。

一九三四年十一月九日

---

① 现称为"崂山"。

② 现称为"峨眉"。

花　坞

　　"花坞"这一个名字，大约是到过杭州，或在杭州住上几年的人，没有一个不晓得的，尤其是游西溪的人，平常总要一到花坞。二三十年前，汽车不通，公路未筑，要去游一次，真不容易；所以明明知道这花坞的幽深清绝，但脚力不健，非好游如好色的诗人，不大会去。现在可不同了，从湖滨向北向西的坐汽车去，不消半个钟头，就能到花坞口外。而花坞的住民，每到了春秋佳日的放假日期，也会成群结队，在花坞口的那座凉亭里鹄候，预备来做一个临时导游的角色，好轻轻快快地赚取游客的两毛小洋；现在的花坞，可真成了第二云栖，或第三九溪十八涧了。

　　花坞的好处，是在它的三面环山，一谷直下的地理位置，石人坞不及它的深，龙归坞没有它的秀。而竹木萧疏，清溪蜿绕，庵堂错落，尼媪翩翩，更是花坞独有的迷人风韵。将人来比花坞，就像浔阳商妇，老抱琵琶；将花来比花坞，更像碧桃开谢，未死春心；将菜来比花坞，只好说冬菇烧豆腐，汤清而味隽了。

我的第一次去花坞，是在松木场放马山背后养病的时候，记得是一天日和风定的清秋的下午，坐了黄包车，过古荡，过东岳，看了伴凤居，访过风木庵（是钱唐丁氏的别业），感到了口渴，就问车夫，这附近可有清静的乞茶之处？他就把我拉到了花坞的中间。

伴凤居虽则结构堂皇，可是里面却也坍败得可以；至于杨家牌楼附近的风木庵哩，丁氏的手迹尚新，茅庵的木架也在，但不晓怎么，一走进去，就感到了一种扑人的霉灰冷气。当时大厅上停在那里的两口丁氏的棺材，想是这一种冷气的发源之处，但泥墙倾圮，蛛网绕梁，与壁上挂在那里的字画屏条一对比，极自然地令人生出了“俯仰之间，已成陈迹”的感想。因为刚刚在看了这两处衰落的别墅之后，所以一到花坞，就觉得清新安逸，像世外桃源的样子了。

自北高峰后，向北直下的这一条坞里，没有洋楼，也没有伟大的建筑，而从竹叶杂树中间透露出来的屋檐半角，女墙一围，看将过去却又显得异常的整洁，异常的清丽。英文字典里有Cottage的这一个名字；而形容这些茅屋田庄的安闲小洁的字眼，又有着许多像Tiny，Dainty，Snug的绝妙佳词，我虽则还没有到过英国的乡间，但到了花坞，看了这些小庵却不能自已地便想起了这种只在小说里读过的英文字母。我手指着那些在林间散点着的小小的茅庵，回头来就问车夫："我们可能进去？"车夫说："自然是可以的。"于是就在一曲溪旁，走上了山路高一段的地方，到了静掩在那里的，双黑板的墙门之外。

车夫使劲敲了几下，庵里的木鱼声停了，接着门里头就有一位女人的声音，问外面谁在敲门。车夫说明了来意，铁门闩一响，半边的门开了，出来迎接我们的，却是一位白发盈头，皱纹很少的老婆婆。

庵里面的洁净，一间一间小房间的布置的清华，以及庭前屋后树木的参差掩映，和厅上佛座下经卷的纵横，你若看了之后，仍不起皈依弃世之心的，我敢断定你就是没有感觉的木石。

那位带发修行的老比丘尼去为我们烧茶煮水的中间，我远远听见了几声从谷底传来的鹊噪的声音；大约天时向暮，乌鹊来归巢了，谷里的静，反因这几声的急躁，而加深了一层。

我们静坐着，喝干了两壶极清极酽的茶后，该回去了，迟疑了一会，我就拿出了一张纸币，当作茶钱，那一位老比丘尼却笑起来了，并且婉慢地说：

"先生！这可以不必；我们是清修的庵，茶水是不用钱买的。"

推让了半天，她不得已就将这一元纸币交给了车夫，说："这给你做个外快吧！"

这老尼的风度，和这一次逛花坞的情趣，我在十余年后的现在，还在津津地感到回味。所以前一礼拜的星期日，和新来杭州住的几位朋友遇见之后，他们问我"上哪里去玩？"我就立时提出了花坞，他们是有一乘自备汽车的，经松木场，过古荡东岳而去花坞，只须二十分钟，就可以到。

十余年来的变革，在花坞里也留下了痕迹。竹木的清幽，山溪的静妙，虽则还同太古时一样，但房屋加多了，地价当然也增高了几百倍；而最令人感到不快的，却是这花坞的住民变作了狡猾的商人。庵里的尼姑，和退院的老僧，也不像从前的恬淡了，建筑物和器具之类，并且处处还受着了欧洲的下劣趣味的恶化。

同去的几位，因为没有见到十余年前花坞的处女时期，所以仍旧感觉得非常满意，以为九溪十八涧、云栖决没有这样的清幽深邃；但在我的内心，却想起了一位素朴天真，

沉静幽娴的少女，忽被有钱有势的人奸了以后又被弃的
状态。

一九三五年三月廿四日

马六甲记游

为想把满身的战时尘滓暂时洗刷一下，同时，又可以把个人的神经，无论如何也负担不起的公的私的积累清算一下之故，毫无踌躇，飘飘然驶入了南海的热带圈内，如醉如痴，如在一个连续的梦游病里，浑浑然过去的日子，好像是很久很久了，又好像是有一日一夜的样子。实在是，在长年如盛夏，四季不分明的南洋过活，记忆力只会一天一天的衰弱下去，尤其是关于时日年岁的记忆，尤其是当踏上了一定的程序工作之后的精神劳动者的记忆。

某年月日，为替一爱国团体上演《原野》而揭幕之故，坐了一夜的火车，从新加坡到了吉隆坡。在卧车里鼾睡了一夜，醒转来的时候，填塞在左右的，依旧是不断的树胶园，满目的青草地，与在强烈的日光里反射着殷红色的墙瓦的小洋房。

揭幕礼行后，看戏看到了午夜，在李旺记酒家吃了一次朱植生先生特为筹设的消夜筵席之后，南方的白夜，也冷悄悄的酿成了一味秋意；原因是由于一阵豪雨，把路上的闲人，尽催归了梦里，把街灯的玻璃罩，也洗涤成了水样的澄清。倦游人的深夜的悲哀，忽而从驶回逆旅的汽车窗里，露了露面，仿佛是在很远很远的异国，偶尔见到了一个不甚熟悉的同坐过一次飞机或火车的偕行伙伴。这一种感觉，已经有好久好久不曾尝到了，这是一种在深夜当游倦后的哀思啊！

第二天一早起来，因有友人去马六甲之便，就一道坐上汽车，向南偏西，上山下岭，尽在树胶园椰子林的中间打圈圈，一直到过了丹平的关卡以后，样子却有点不同了。同模型似的精巧玲珑的马来人亚答屋的住宅，配合上各种不同的椰子树的阴影，有独木的小桥，有颈项上长着双峰的牛车，还有负载着重荷，在小山坳密林下来去的原始马来人的远景，这些点缀，分明在告诉我，是在南洋的山野里旅行。但偶一转向，车驶入了平原，则又天空开展，水田里的稻秆青葱，田塍树影下，还有一二皮肤黝黑的农夫在默默地休息，这又像是在故国江南的旷野，正当五六月耕耘方起劲的时候。

到了马六甲，去海滨"彭大希利"的莱斯脱好坞斯（Rest House）去休息了一下，以后，就是参观古迹的行程了。导我们的先路的，是由何葆仁先生替我们去邀来的陈应桢、李君侠、胡健人等几位先生。

我们的路线，是从马六甲河西岸海滨的华侨银行出发，打从圣弗兰雪斯教堂的门前经过，先向市政厅所在的圣保罗山，亦叫作升旗山的古圣保罗教堂的废墟去致敬的。

这一块周围仅有七百二十英里方的马六甲市，在历史上、传说上，却是马来半岛，或者也许是南洋群岛中最古的地方，是在好久以前，就听人家说过的。第一，马六甲的这一个马来名字的由来，据说就是在十四世纪中叶，当新加坡的马来人，被爪哇西来的外人所侵略，酋长斯干达夏率领群众避至此地，息树荫下，偶问旁人以此树何名，人以"马六甲"对，于是这地方的名字，就从此定下了。而这一株有五六百年高寿的马六甲树，到现在也还婆娑独立在圣保罗的山下那一个旧式栈桥接岸的海滨。枝叶纷披，这树所覆的荫处，倒确有一连以上的士兵可扎营。

此外，则关于马六甲这名字的由来，还有酋长见犬鹿相斗，犬反被鹿伤的传说；另一说：则谓马六甲，系爪哇语"亡命"之意。或谓系爪哇人称巨港之音，巫来由即马六甲之变音。

这些倒还并不相干，因为我们的目的，只想去瞻仰那些古时遗下来的建筑物，和现时所看得到的风景之类；所以一过马六甲河，看见了那座古色苍然的荷兰式的市政厅的大门，就有点觉得在和数世纪前的彭祖老人说话了。

这一座门，尽以很坚强的砖瓦叠成，像低低的一个城门洞的样子；洞上一层，是施有雕刻的长方石壁，再上面，却是一个小小的钟楼似的塔顶。

在这里，又不得不简叙一叙马六甲的史实了：第一，这里当然是从新加坡西来的马来人所开辟的世界，这是在十四世纪中叶的事情。在这先头，从宋代的中国册籍（诸藩志）里，虽可以见到巨港王国的繁荣，但马六甲这一名，却未被发现。到了明朝，郑和下南洋的前后，马六甲就在中国书籍上渐渐知名了，这是十四世纪末叶的事情。在十六世纪初年，葡萄牙人第奥义·洛泊斯·特色开拉——（Diogo Lopes de Segueira）率领五艘海船到此通商，当为马六甲和西欧交通的开始时期。一千五百十一年，马六甲被亚儿封所·达儿勃开儿克（Alfonso d' Albuquerque）所征服以后，南洋群岛就成了葡萄牙人独占的市场。其后荷兰继起，一千六百四十一年，马六甲便归入了荷人的掌握；现在所遗留的马六甲的史迹，以荷兰人的建筑物及墓碑为最多的原因，实在因为荷兰人在这里曾有过一百多年繁荣的历史的缘故。一七九五年，当拿破仑战争未息之前，马六甲管辖权移归了英国东印度公司。一八一五年因维也纳条约的结果，旧地复归还了荷属，等一八二四年的伦敦会议以后，英国终以苏门答腊和荷兰换回了这马六甲的治权。

关于马六甲的这一段短短的历史，简叙起来，也不过数百字的光景，可是这中间的杀伐流血，以及无名英雄的为国捐躯，为公殉义的伟烈丰功，又有谁能够仔细说得尽哩！

所以，圣保罗山下的市政厅大门，现在还有人在叫作"斯泰脱乎斯"的大门的，"斯泰脱乎斯"者，就是荷兰文——Stadt-Huys的遗音，也就是英文Town-House或City-House的意思。

我们从市政厅的前门绕过，穿过图书馆的二楼，上阅兵台，到了旧圣保罗教堂的废墟门外的时候，前面那望楼上的旗帜已经在收下来了，正是太阳平西，将近午后四点钟的样子。伟大的圣保罗教堂，就单单只看了它的颓垣残垒，也可以想见得到当日的壮丽堂皇。迄今四五百年，雨打风吹，有几处早已没有了屋顶，但是周围的墙壁，以及正殿中上一层的石屋顶，仍旧是屹然不动，有泰山磐石般的外貌。我想起了三宝公到此地时的这周围的景象，我又想起了我们大陆国民不善经营海外殖民事业的缺憾；到现在被强邻压境，弄得半壁江山，尽染上腥污，大半原因，也就在这一点国民太无冒险心，国家太无深谋远虑的弱点之上。

市政厅的建筑全部，以及这圣保罗山的废墟，听说都由马六甲的史迹保存会的建议，请政府用意保护着的；所以直到了数百年后的今日，我们还见得到当时的荷兰式的房屋，以及圣保罗教堂里的一个上面盖有小方格铁板的石穴。这石穴的由来，就因十六世纪中叶的圣芳济（St. Famcis Xavier）去中国传教，中途病故，遗体于运往卧亚（Goa）之前，曾在此穴内埋葬过五个月（一五五三年三月至同年八月）的因缘。废墟的前后，尽是坟茔，而且在这废墟的堂上，圣芳济遗体虚穴的周围，也陈列着许多四五百年以前的墓碑。墓碑之中，以荷兰文的碑铭为最多，其间也还有一两块葡萄牙文的墓碑在哩！

参观了这圣保罗山以后，我们的车就遵行着“彭大希利”的大道，驶向了东面圣约翰山的故垒。这山头的故垒，还是葡萄牙人的建筑，炮口向内，用意分明是防止本土人的袭击的，炮垒中的堑壕坚强如故；听说还有一条地道，可以从这山顶通行到海边福脱路的旧叠门边。这时候夕阳的残照，把海水染得浓蓝，把这一座故垒，晒得赭黑，我独立在雉堞的缺处，向东面远眺了一回马来亚南部最高的一枝远山，就也默默地想起了萨雁门的那一首"六代豪华，春去也，更无消息"的金陵怀古之词。

从圣约翰山下来，向南洋最有名的那一个飞机形的新式病院前的武极巴拉（Bukit Palah）山下经过，赶上青云亭的坟山，去向三宝殿致敬的时候，平地上已经见不到阳光了。

三宝殿在青云亭坟山三宝山的西北麓，门朝东北，门前几棵红豆大树作旗幡。殿后有三宝井，听说井水甘冽，可以治疾病，市民不远千里，都来灌取。坟山中的古墓，有皇明碑纪的，据说现尚存有两穴。但我所见到的却是坟山北麓，离三宝殿约有数百步远的一穴黄氏的古茔。碑文记有"显考维弘黄公，妣寿姐谢氏墓，皇明壬戌仲冬谷旦，孝男黄子、黄辰同立"字样，自然是三百年以前，我们同胞的开荒远祖了。

晚上，在何葆仁先生的招待席散以后，我们又上中国在南洋最古的一间佛庙青云亭去参拜了一回。青云亭是明末遗民逃来南洋，以帮会势力而扶植侨民利益的最古的一所公共建筑物。这庙的后进，有一神殿，供着两位明代表冠，发须楚楚的塑像，长生禄位牌上，记有开基甲国的甲必丹芳杨郑公及继理宏业的甲必丹君常李公的名字；在这庙的旁边一间碑亭里，听说还有两块石碑树立在那里，是记这两公的英伟事迹的，但因为暗夜无灯，终于没有拜读的机会。

走马看花，马六甲的五百年的古迹，总算匆匆地在半天之内看完了。于走回旅舍之前，又从歪斜得如中国街巷一样的一条娘惹街头经过，在昏黄的电灯底下谈着走着，简直使人感觉到不像是在异邦漂泊的样子。马六甲实在是名符其实的一座古城，尤其是从我们中国人看来。

回旅舍洗过了澡，含着纸烟，躺在回廊的藤椅上举头在望海角天空的时候，从星光里，忽而得着了一个奇想。譬如说吧，正当这一个时候，旅舍的侍者，可以拿一个名刺，带领一个人进来访我。我们中间可以展开一次上下古今的长谈。长谈里，可以有未经人道的史实，可以有悲壮的英雄抗敌的故事，还可以有缠绵哀艳的情史。于送这一位不识之客去后，看看手表，当在午前三四点钟的时候。我倘再回忆一下这一位怪客的谈吐、装饰，就可以发现他并不是现代的人。再寻他的名片，也许会寻不着了。第二天起来，若问侍者以昨晚你带来见我的那位客人（可以是我们的同胞，也可以是穿着传教士西装的外国人），究竟是谁？侍者们都可以一致否认，说并没有这一回事。这岂不是一篇绝好的小说么？这小说的题目，并且也是现成的，就叫作《古城夜话》或《马六甲夜话》，岂不是就可以了么？

我想着想着，抽尽了好几支烟卷，终于被海风所诱拂，沉入到忘我的梦里去了。第二天的下午，同样的在柏油大道上飞驰了半天，在麻坡与峇株巴辖过了两渡，当黄昏的阴影盖上柔佛长堤桥面的时候，我又重回到了新加坡的市内。《马六甲夜话》《古城夜话》，这一篇——Imaginary Conversations——幻想中的对话录，我想总有一天会把它记叙出来。

我的梦
我的青春！

令人愁闷的贫苦，
何以与我这样的有缘？

零余者

Arm am Beutel, krank am Herzen,

Schleppt ich meine langen Tage,

Armut ist die groesste Plage,

Reichtum ist das hoechste Gut.

不晓在什么时候什么地方看见过的这几句诗，轻轻的在口头念着，我两脚合了微吟的拍子，又慢慢的在一条城外的大道上走了。

袋里无钱，心头多恨。

这样无聊的日子，教我挨到何时始尽。

啊啊，贫苦是最大的灾星，

富裕是最上的幸运。

　　诗的意思，大约不外乎此，实际上人生的一切，我想也尽于此了。"不过令人愁闷的贫苦，何以与我这样的有缘？使人生快乐的富裕，何以总与我绝对的不来接近？"我眼睛呆呆的注视着前面空处，两脚一步一步踏上前去，一面口中虽在微吟，一面于无意中又在作这些牢骚的想头。

　　是日斜的午后，残冬的日影，大约不久也将收敛光辉了，城外一带的空气，仿佛要凝结拢来的样子。视野中散在那里的灰色的城墙，冰冻的河道，沙土的空地荒田，和几丛枯曲的疏树，都披了淡薄的斜阳，在那里伴人的孤独。一直前面大约在半里多路前的几个行人，因为他们和我中间距离太远了，在我脑里竟不发生什么影响。我觉得他们的几个肉体，和散在道旁的几家泥屋及左面远立着的教会堂，都是一类的东西，散漫零乱，中间没有半点联络，也没有半点生气，当然更没有一些儿的情感了。

　　"唉嘿，我也不知在这里干什么？"

　　微吟倦了，我不知不觉便轻轻的长叹了一声。慢慢的走去，脑里的思想，只往昏黑的方面进行；我的头愈俯愈下了。

——实在我的衰退之期，来得太早了。……像这样一个人在郊外独步的时候，若我的身子忽而能同一堆春雪遇着热汤似的消化得干干净净，岂不很好么？……回想起来，又觉得我过去二十余年的生涯是很长的样子……我什么事情没有做过？……儿子也生了，女人也有了，书也念了，考也考过好几次了，哭也哭过，笑也笑过，嫖赌吃着，心里发怒，受人欺辱，种种事情，种种行为，我都经验过了，我还有什么事情没有做过？……等一等，让我再想一想看，究竟有没有什么没有经验过的事情了，……自家死还没有死过；啊，还有还有，我高声骂人的事情还不曾有过，譬如气得不得了的时候，放大了喉咙，把敌人大骂一场的事情。就是复仇复了的时候的快感，我还没有感得过。……啊啊！还有还有，监牢还不曾坐过，……唉，但是假使这些事情，都被我经验了，也有什么？结果还不是一个空么？……嘿嘿，嗯嗯。——到了这里，我的思想的连续又断了。

袋里无钱，心头多恨。

这样无聊的日子，教我挨到何时始尽。

啊啊，贫苦是最大的灾星，

富裕是最上的幸运。

微微的重新念着前诗，我抬起头来一看，觉得太阳好像往西边又落了一段，倒在右手路上的自己的影子，更长起来了。从后面来的几乘人力车，也慢慢的赶过了我。一边让他们的路，一边我听取了坐车的人和车夫在那里谈话的几句断片。他们的话题，好像是关于女人的事情。啊啊，可羡的你们这几个虚无主义者，你们大约是上前边黄土坑去买快乐去的吧，我见了你们，倒恨起我自家没有以前的生趣来了。

　　一边想一边往西北的走去，不知不觉已走到了京绥铁路的路线上。从此偏东北的再进几步，经过了白房子的地狱，便可顺了通万牲园的大道进西直门去的。苍凉的暮色，从我的灰黄的周围逼近拢来，那倾斜的赤日，也一步一步的低垂下去了。大好的夕阳，留不多时，我自家以为在冥想里沉没得不久，而四边的急景，却告诉我黄昏将至了。在这荒野里的物体的影子，渐渐的散漫了起来。不知从何处吹来的微风，也有些急促的样子，带着一种惨伤的寒意。后面笃笃笃笃的又来了一乘空的运货马车，一个披着光面皮里子的车夫，默默的斜坐在前头车板上吃烟，我忽而感觉得天寒岁暮，好像一个人漂泊在俄国的乡下。马车去远了，白房子的门外，有几乘黑旧的人力车停在那里。车夫大约坐在踏脚板上休息，所以看不出他们的影子来。我避过了白房子的地狱，从一块高墈上的地里，打算走上通西直门的大道上去。从这高处向四边一望，见了凋丧零乱排列在灰色幕上的野景，更使我感得了一种日暮的悲哀。

——唉唉，人生实在不知究竟是什么一回事？歌歌哭哭，死死生生……世界社会，兄弟朋友，妻子父母，还有恋爱，啊呀，恋爱，恋爱，恋爱……还有金钱……啊啊……

Armut ist die groesste Plage,

Reichtum ist das hoechste Gut.

好诗好诗！

The curfew tolls the knell of parting day,

The lowing herd winds slowly o'er the lea,

The ploughman homeward plods his weary way,

And leaves the world to darkness and to me.

好诗好诗！

And leaves the world to darkness and to me.

我的错杂的思想，又这样的弥散开来了。天空高处，寒风呜呜的响了几下，我俯倒了头，尽往东北的走去，天就快黑了。

远远的城外河边，有几点灯火，看得出来，大约紫蓝的天空里，也有几点疏星放起光来了吧？大道上断续的有几乘空马车来往，车轮的笃笃笃笃的声音，好像是空虚的人生的反响，在灰暗寂寞的空气中散了。我遵了大道，以几点灯火作了目标，将走近西直门的时候，模糊隐约的我的脑里，忽而起了一个霹雳。到这时候止，常在脑里起伏的那些毫无系统的思想，都集中在一个中心点上，成了一个霹雳，显现了出来。

"我是一个真正的零余者！"

这就是霹雳的核心，另外的许多思想，不过是些附属在这霹雳上的枝节而已。这样的忽而发见了思想的中心点，以后我就用了科学的方法推了下去：

——我的确是一个零余者，所以对于社会人世是完全没有用的。A superfluous man! A useless man! Superfluous! Superfluous……证据呢？这是很容易证明的……——

这时候，我的两只脚已经在西直门内的大街上运转。

四边来往的人类，究竟比城外混杂得多。天也已经昏黑，道旁的几家破店和小摊，都点上灯了。

——第一……我且从远处说起吧……第一，我对于世界是完全没有用的。……我这样生在这里，世界和世界上的人类，也不能受一点益处；反之，我死了，世界社会，也没有一些儿损害，这是千真万真的。……第二，且说中国吧！对于这样混乱的中国，我竟不能制造一个炸弹，杀死一个坏人。中国生我养我，有什么用处呢？……再缩小一点，嗳，再缩小一点，第三，第三且说家庭吧！啊，对于我的家庭，我却是个少不得的人了。在外国念书的时候，已故的祖母听见说我有病，就要哭得两眼红肿。就是半男性的母亲，当我有一次醉死在朋友家里的时候，也急得大哭起来。此外我的女人，我的小孩，当然是少我不得的！哈哈，还好还好，我还是个有用之人。

想到了这里，我的思想上又起了一个冲突。前刻发现的那个思想上的霹雳，几乎可以取消的样子，但迟疑了一会，我终究解决不了这个问题的矛盾性。抬起头来一看，我才知道我的身体已被我搬在一条比较热闹的长街上行动。街路两旁的灯火很多，来往的车辆也不少，人声也很嘈杂，已经是真正的黄昏时候了。

——像这样的时候，若我的女人在北京，大约我总不会到市上来飘荡的吧！在灯火底下，抱了自家的儿子，一边吻吻他的小嘴，一边和来往厨下忙碌的她问答几句，踱来踱去，踱去踱来，多少快乐啊！啊啊，我对于我的女人，还是一个有用之人哩！不错不错，前一个疑问，还没有解决，我究竟还是一个有用之人么？

这时候，我意识里的一切周围的印象，又消失了。我还是伏倒了头，慢慢的在解决我的疑问：

——家庭，家庭……第三，家庭……让我看，哦，啊，我对于家庭还是一个完全无用之人！……丝毫没有功利主义的存心，完全沉溺于盲目之爱的我的祖母，已经死了。母亲呢？……啊啊，我读书学术，到了现在，还不能做出一点轰轰烈烈的事业来，就是这几块钱……

我那时候两只手却插在大氅的袋内，想到了这里，两只手自然而然的向袋里散放着的几张钞票捏了一捏。

——啊啊，就是这几块钱，还是昨天从母亲那里寄出来的，我对于母亲有什么用处呢？我对于家庭有什么用处呢？我的女人，我不去娶她，总有人会去娶她的；我的小孩，我不生他，也有人会生他的，我完全是一个无用之人呀，我依旧是一个无用之人呀！

急转直下的想到了这里，我的胸前忽觉得有一块铁板压着似的难过得很。我想放大了喉咙，啊的大叫它一声，

140

但是把嘴张了好几次，喉头终放不出音来。没有方法，我只能放大了脚步，向前同跑也似的急进了几步。这样的不知走了几分钟，我看见一乘人力车跑上前来兜我的买卖。我不问皂白，跨上了车就坐定了。车夫问我上什么地方去，我用手向前指指，喉咙只是和被热铁封锁住的一样，一句话也讲不出来。人力车向前面跑去，我只见许多灯火人类，和许多不能类列的物体，在我的两旁旋转。

"前进！前进！像这样的前进吧！不要休止，不要停下来！"

我心里一边在这样的希望，一边却在恨车夫跑得太慢。

十三年正月十五日

一个人在途上

在东车站的长廊下，和女人分开以后，自家又剩了孤伶仃的一个。频车漂泊惯的两口儿，这一回的离散，倒也算不得什么特别。可是端午节那天，龙儿刚死，到这时候北京城里虽已起了秋风，但是计算起来，去儿子的死期，究竟还只有一百来天。在车座里，稍稍把意识恢复转来的时候，自家就想起了卢骚①晚年的作品《孤独散步者的梦想》头上的几句话：

① 今通译为卢梭（1712—1778），法国十八世纪启蒙思想家、哲学家、教育家、文学家，代表作有《论人类不平等的起源和基础》《社会契约论》等。

自家除了己身以外，已经没有弟兄，没有邻人，
没有朋友，没有社会了。自家在这世上，像这样的，
已经成了一个孤独者了。……

　　然而当年的卢骚还有弃养在孤儿院内的五个儿子，而
我自己哩，连一个抚育到五岁的儿子都还抓不住！

　　离家的远别，本来也只为想养活妻儿。去年在某大学
的被逐，是万料不到的事情。其后兵乱迭起，交通阻绝，
当寒冬的十月，会病倒在沪上，也是谁也料想不到的。今
年二月，好容易到得南方，静息了一年之半，谁知这刚养
得出趣的龙儿又会遭此凶疾的呢？

　　龙儿的病报，本是在广州得着，匆促北航，到了上海，
接连接了几个北京来的电报。换船到天津，已经是旧历的
五月初十。到家之夜，一见了门上的白纸条儿，心里已经
是跳得慌乱，从苍茫的暮色里赶到哥哥家中，见了衰病的
她，因为在大众之前，勉强将感情压住。草草吃了夜饭，
上床就寝，把电灯一灭，两人只有紧抱的痛哭，痛哭，痛
哭，只是痛哭，气也换不过来，更哪里有说一句话的余裕？

　　受苦的时间，的确脱煞过去得太悠徐，今年的夏季，
只是悲叹的连续。晚上上床，两口儿，哪敢提一句话？可

怜这两个迷散的灵心,在电灯灭黑的黝暗里,所摸走的荒路,每会凑集在一条线上;这路的交叉点里,只有一块小小的墓碑,墓碑上只有"龙儿之墓"的四个红字。

妻儿因为在浙江老家内,不能和母亲同住,不得已,而搬往北京当时我在寄食的哥哥家去,是去年的四月中旬。那时候龙儿正长得肥满可爱,一举一动,处处教人欢喜。到了五月初,从某地回京,觉得哥哥家太狭小,就在什刹海的北岸,租定了一间渺小的住宅。夫妻两个,日日和龙儿伴乐,闲时也常在北海的荷花深处,及门前的杨柳荫中带龙儿去走走。这一年的暑假,总算过得最快乐,最闲适。

秋风吹叶落的时候,别了龙儿和女人,再上某地大学去为朋友帮忙,当时他们俩还往西车站去送我来哩!这是去年秋晚的事情,想起来还同昨日的情形一样。

过了一月,某地的学校里发生事情,又回京了一次,在什刹海小住了两星期,本来打算不再出京了,然碍于朋友的面子,又不得不于一天寒风刺骨的黄昏,上西车站去乘车。这时候因为怕龙儿要哭,自己和女人,吃过晚饭,便只说要往哥哥家里去,只许他送我们到门口,记得那一天晚上,他一个人和老妈子立在门口,等我们俩去了好远,还"爸爸!""爸爸!"的叫了好几声。啊啊,这几声惨伤的呼唤,便是我在这世上听到的他叫我的最后的声音!

出京之后，到某地住了一宵，就匆促逃往上海。接续便染了病，遇了强盗辈的争夺政权，其后赴南方暂住，一直到今年的五月，才返北京。

想起来，龙儿实在是一个填债的儿子，是当乱离困厄的这几年中间，特来安慰我和他娘的愁闷的使者！

自从他在安庆生落地以来，我自己没有一天脱离过苦闷，没有一处安住到五个月以上。我的女人，也和我分担着十字架的重负，只是东西南北的奔波漂泊。然当日夜难安，悲苦得不了的时候，只教他的笑脸一开，女人和我，就可以把一切穷愁丢在脑后。而今年五月初十待我赶到北京的时候，他的尸体，早已在妙光阁的广谊园地下躺着了。

他的病，说是脑膜炎。自从得病之日起，一直到旧历端午节的午时绝命的时候止，中间经过有一个多月的光景。平时被我们宠坏了的他，听说此番病里，却乖顺得非常。叫他吃药，他就大口的吃，叫他用冰枕，他就很柔顺的躺上。病后还能说话的时候，只问他的娘："爸爸几时回来？""爸爸在上海为我定做的小皮鞋，已经做好了没有？"我的女人，于惑乱之余，每幽幽的问他："龙！你晓得你这一场病，会不会死的？"他老是很不愿意的回答说："哪儿会死的哩？"据女人含泪的告诉我说，他的谈吐，绝不似一个五岁的小孩儿。

未病之前一个月的时候，有一天午后他在门口玩耍，看见西面来了一乘马车，马车里坐着一个戴灰白色帽子的青年。他远远看见，就急忙丢下了伴侣，跑进屋里去叫他娘出来，说："爸爸回来了，爸爸回来了！"因为我去年离京时所戴的，是一样的一项白灰呢帽。他娘跟他出来到门前，马车已经过去了，他就死劲的拉住了他娘，哭喊着说："爸爸怎么不家来呀？爸爸怎么不家来呀？"他娘说慰了半天，他还尽是哭着，这也是他娘含泪和我说的。现在回想起来，自己实在不该抛弃了他们，一个人在外面流荡，致使他那小小的心灵，常有这望远思亲的伤痛。

　　去年六月，搬往什刹海之后，有一次我们在堤上散步，因为他看见了人家的汽车，硬是哭着要坐，被我痛打了一顿。又有一次，也是因为要穿洋服，受了我的毒打。这实在只能怪我做父亲的没有能力，不能做洋服给他穿，雇汽车给他坐。早知他要这样的早死，我就是典当强劫，也应该去弄一点钱来，满足他这点点无邪的欲望。到现在追想起来，实在觉得对他不起，实在是我太无容人之量了。

　　我女人说，濒死的前五天，在病院里，他连叫了几夜的爸爸！她问他："叫爸爸干什么！"他又不响了，停一会儿，就又再叫起来；到了旧历五月初三日，他已入了昏迷状态，医师替他抽骨髓，他只会直叫一声："干吗？"喉头的气管，咯咯在抽咽，眼睛只往上吊送，口头流些白沫，然而一口气总不肯断。他娘哭叫几声"龙！龙！"他的小眼角上，就会迸流些眼泪出来，后来他娘看他苦得难过，倒对他说：

"龙！你若是没有命的，就好好的去吧！你是不是想等爸爸回来？就是你爸爸回来，也不过是这样的替你医治罢了。龙！你有什么不了的心愿呢？龙！与其这样的抽咽受苦，你还不如快快的去吧！"

他听了这一段话，眼角上的眼泪，更是涌流得厉害。到了旧历端午节的午时，他竟等不着我的回来，终于断气了。

丧葬之后，女人搬往哥哥家里，暂住了几天。我于五月十日晚上，下车赶到什刹海的寓宅，打门打了半天，没有应声。后来抬头一看，才见了一张告示邮差送信的白纸条。

自从龙儿生病以后连日夜看护久已倦了的她，又哪里经得起最后的这一个打击？自己当到京之夜，见了她的衰容，见了她的泪眼，又哪里能够不痛哭呢！

在哥哥家里小住了两三天，我因为想追求龙儿生前的遗迹，一定要女人和我仍复搬回什刹海的住宅去住它一两个月。

搬回去那天，一进上屋的门，就见了一张被他玩破的今年正月里的花灯；听说这张花灯，是南城大姨妈送他的，因为他自家烧破了一个窟窿，他还哭过好几次来的。

　　其次，便是上房里砖上的几堆烧纸钱的痕迹！系当他下殓时烧给他的。

　　院子里有一架葡萄，两棵枣树，去年采取葡萄枣子的时候，他站在树下，兜起了大褂，仰头在看树上的我。我摘取一颗，丢入了他的大褂兜里，他的哄笑声，要继续到三五分钟。今年这两棵枣树，结满了青青的枣子，风起的半夜里，老有熟极的枣子辞枝自落。女人和我，睡在床上，有时候且哭且谈，总要到更深人静，方能入睡。在这样的幽幽的谈话中间，最怕听的，就是这滴答的坠枣之声。

　　到京的第二日，和女人去看他的坟墓。先在一家南纸铺里买了许多冥府的钞票，预备去烧送给他。直到到了妙光阁的广谊园茔地门前，她方从呜咽里清醒过来，说："这是钞票，他一个小孩如何用得呢？"就又回车转来，到琉璃厂去买了些有孔的纸钱。她在坟前哭了一阵，把纸钱钞票烧化的时候，却叫着说：

　　"龙！这一堆是钞票，你收在那里，待长大了的时候再用，要买什么，你先拿这一堆钱去用吧！"

　　这一天在他的坟上坐着，我们直到午后七点，太阳平

148

西的时候，才回家来。临走的时候，他娘还哭叫着说：

"龙！龙！你一个人在这里不怕冷静的么？龙！龙！人家若来欺你，你晚上来告诉娘吧！你怎么不想回来了呢？你怎么梦也不来托一个的呢？"

箱子里，还有许多散放着的他的小衣服。今年北京的天气，到七月中旬，已经是很冷了。当微凉的早晚，我们俩都想换上几件夹衣，然而因为怕见到他旧时的夹衣袍袜，我们俩却尽是一天一天的挨着，谁也不说出口来，说"要换上件夹衫"。

有一次和女人在那里睡午觉，她骤然从床上坐了起来，鞋也不拖，光着袜子，跑上了上房起坐室里，并且更掀帘跑上外面院子里去。我也莫名其妙跟着她跑到外面的时候，只见她在那里四面找寻什么，找寻不着，呆立了一会，她忽然放声哭了起来，并且抱住了我急急的追问说："你听不听见？你听不听见？"哭完之后，她才告诉我说，在半醒半睡的中间，她听见"娘！娘！"的叫了两声，的确是龙的声音，她很坚定的说："的确是龙回来了。"

北京的朋友亲戚，为安慰我们起见，今年夏天常请我们俩去吃饭听戏，她老不愿意和我们去，因为去年的六月，我们无论上哪里去玩，龙儿是常和我们在一处的。

今年的一个暑假，就是这样的，在悲叹和幻梦的中间消逝了。

这一回南方来催我就道的信，过于匆促，出发之前，我觉得还有一件大事情没有做了。

中秋节前新搬了家，为修理房屋，部署杂事，就忙了一个星期。出发之前，又因了种种琐事，不能抽出空来，再上龙儿的坟地里去探望一回。女人上东车站来送我上车的时候，我心里尽酸一阵痛一阵的在回念这一件恨事。有好几次想和她说出来，教她于两三日后再往妙光阁去探望一趟，但见了她的憔悴尽的颜色，和苦忍住的凄楚，又终于一句话也没有讲成。

现在去北京远了，去龙儿更远了，自家只一个人，只是孤伶仃的一个人。在这里继续此生中大约是完不了的漂泊。

一九二六年十月五日在上海旅馆内

悲剧的出生

——自传之一

"丙申年，庚子月，甲午日，甲子时"，这是因为近年来时运不佳，东奔西走，往往断炊，室人于绝望之余，替我去批来的命单上的八字。开口就说年庚，倘被精神异状的有些女作家看见，难免得又是一顿痛骂，说："你这丑小子，你也想学起张君瑞来了么？下流，下流！"但我的目的呢，倒并不是在求爱，不过想大书特书地说一声，在光绪二十二年十一月初三的夜半，一出结构并不很好而尚未完成的悲剧出生了。

光绪二十二年（西历一八九六）丙申，是中国正和日本战败后的第三年；朝廷日日在那里下罪己诏，办官书局，修铁路，讲时务，和各国缔订条约。东方的睡狮，受了这当头的一棒，似乎要醒转来了；可是在酣梦的中间，消化不良的内脏，早经发生了腐溃，任你是如何的国手，也有点儿不容易下药的征兆，却久已流布在上下各地的施设之中。败战后的国民——尤其是初出生的小国民，当然是畸形，是有恐怖狂，是神经质的。

儿时的回忆，谁也在说，是最完美的一章，但我的回忆，却尽是些空洞。第一，我所经验到的最初的感觉，便是饥饿，对于饥饿的恐怖，到现在还在紧逼着我。

生到了末子，大约母体总也已经是亏损到了不堪再育了，乳汁的稀薄，原是当然的事情。而一个小县城里的书香世家，在洪杨之后，不曾发迹过的一家破落乡绅的家里，雇乳母可真不是一件细事。

四十年前的中国国民经济，比到现在，虽然也并不见得凋敝，但当时的物质享乐，却大家都在压制，压制得比英国清教徒治世的革命时代还要严刻。所以在一家小县城里的中产之家，非但雇乳母是一件不可容许的罪恶，就是一切家事的操作，也要主妇上场，亲自去做的。像这样的一位奶水不足的母亲，而又喂乳不能按时，杂食不加限制，养出来的小孩，哪里能够强健？我还长不到十二个月，就因营养的不良患起肠胃病来了。一病年余，由衰弱而发热，由发热而痉挛；家中上下，竟被一条小生命而累得精疲力尽；到了我出生后第三年的春夏之交，父亲也因此以病以死；在这里总算是悲剧的序幕结束了，此后便只是孤儿寡妇的正剧的上场。

几日西北风一刮，天上的鳞云，都被吹扫到东海里去了。太阳虽则消失了几分热力，但一碧的长天，却开大了笑口。富春江两岸的乌桕树，槭树，枫树，振脱了许多病叶，显出了更疏匀更红艳的秋社后的浓妆；稻田割起了之后的那一种和平的气象，那一种洁净沉寂，欢欣干燥的农村气象，就是立在县城这面的江上，远远望去，也感觉得出来。那一条流绕在县城东南的大江哩，虽因无潮而杀了水势，比起春夏时候的水量来，要浅到丈把高的高度，但水色却澄清了，澄清得可以照见浮在水面上的鸭嘴的斑纹。从上江开下来的运货船只，这时候特别的多，风帆也格外的饱；狭长的白点，水面上一条，水底下一条，似飞云也似白象，以青红的山，深蓝的天和水做了背景，悠闲地无声地在江面上滑走。水边上在那里看船行，摸鱼虾，采被水冲洗得很光洁的白石，挖泥沙造城池的小孩们，都拖着了小小的影子，在这一个午饭之前的几刻钟里，鼓动他们的四肢，竭尽他们的气力。

离南门码头不远的一块水边大石条上，这时候也坐着一个五六岁的小孩，头上养着了一圈罗汉发，身上穿了青粗布的棉袍子，在太阳里张着眼望江中间来往的帆樯。就在他的前面，在贴近水际的一块青石上，有一位十五六岁像是人家的使婢模样的女子，跪着在那里淘米洗菜。这相貌消瘦的孩子，既不下来和其他的同年辈的小孩们去同玩，也不愿意说话似的只沉默着在看远处。等那女子洗完菜后，站起来要走，她才笑着问了他一声说："你肚皮饿了没有？"他一边在石条上立起，预备着走，一边还在凝视着远处默默地摇了摇头。倒是这女子，看得他有点可怜起来了，就走近去握着了他的小手，弯腰轻轻地向他耳边说："你在惦记着你的娘么？她是明后天就快回来了！"这小孩才回转了头，仰起来向她露了一脸很悲凉很寂寞的苦笑。

　　这相差十岁左右，看去又像姐弟又像主仆的两个人，慢慢走上了码头，走进了城垛；沿城向西走了一段，便在一条南向大江的小弄里走进去了。他们的住宅，就在这条小弄中的一条支弄里头，是一间旧式三开间的楼房。大门内的大院子里，长着些杂色的花木，也有几只大金鱼缸沿墙摆在那里。时间将近正午了，太阳从院子里晒上了向南的阶檐。这小孩一进大门，就跑步走到了正中的那间厅上，向坐在上面念经的一位五六十岁的老婆婆问说：

"奶奶，娘就快回来了么？翠花说，不是明天，后天总可以回来的，是真的么？"

老婆婆仍在继续着念经，并不开口说话，只把头点了两点。小孩子似乎是满足了，歪了头向他祖母的扁嘴看了一息，看看这一篇她在念着的经正还没有到一段落，祖母的开口说话，是还有几分钟好等的样子，他就又跑入厨下，去和翠花作伴去了。

午饭吃后，祖母仍在念她的经，翠花在厨下收拾食器；除时有几声洗锅子泼水碗相击的声音传过来外，这座三开间的大楼和大楼外的大院子里，静得同在坟墓里一样。太阳晒满了东面的半个院子，有几匹寒蜂和耐得起冷的蝇子，在花木里微鸣蠢动。靠阶檐的一间南房内，也照进了太阳光，那小孩子只静悄悄地在一张铺着被的藤榻上坐着，翻着几本刘永福镇台湾，日本蛮子桦山总督被擒的石印小画本。

等翠花收拾完毕，一盆衣服洗好，想叫了他再一道的上江边去敲濯的时候，他却早在藤榻的被上，和衣睡着了。

这是我所记得的儿时生活。两位哥哥，因为年纪和我差得太远，早就上离家很远的书塾去念书了，所以没有一道玩的可能。守了数十年寡的祖母，也已将人生看穿了，自我有记忆以来，总只看见她在动着那张没有牙齿的扁嘴念佛念经。自父亲死后，母亲要身兼父职了，入秋以后，老是不在家里；上乡间去收租谷是她，将谷托人去砻成米也是她，雇了船，连柴带米，一道运回城里来也是她。

在我这孤独的童年里，日日和我在一处，有时候也讲些故事给我听，有时候也因我脾气的古怪而和我闹，可是结果终究是非常痛爱我的，却是那一位忠心的使婢翠花。她上我们家里来的时候，年纪正小得很，听母亲说，那时候连她的大小便，吃饭穿衣，都还要大人来侍候她的。父亲死后，两位哥哥要上学去，母亲要带了长工到乡下去料理一切，家中的大小操作，全赖着当时只有十几岁的她一双手。

只有孤儿寡妇的人家，受邻居亲戚们的一点欺凌，是免不了的；凡我们家里的田地被盗卖了，堆在乡下的租谷等被窃去了，或祖坟山的坟树被砍了的时候，母亲去争夺不转来，最后的出气，就只是在父亲像前的一场痛哭。母亲哭了，我是当然也只有哭，而将我抱入怀里，时用柔和的话来慰抚我的翠花，总也要泪流得满面，恨死了那些无赖的亲戚邻居。

我记得有一次，也是将近吃中饭的时候了，母亲不在家，祖母在厅上念佛，我一个人从花坛边的石阶上，站了起来，在看大缸里的金鱼。太阳光漏过了院子里的树叶，一丝一丝的射进了水，照得缸里的水藻与游动的金鱼，和平时完全变了样子。我于惊叹之余，就伸手到了缸里，想将一丝一丝的日光捉起，看它一个痛快。上半身用力过猛，两只脚浮起来了，心里一慌，头部胸部就颠倒浸入到了缸里的水藻之中。我想叫，但叫不出声来，将身体挣扎了半天，以后就没有了知觉。等我从梦里醒转来的时候，已经是晚上了，一睁开眼，我只看见两眼哭得红肿的翠花的脸伏在我的脸上。我叫了一声："翠花！"她带着鼻音，轻轻的问我："你看见我了么？你看得见我了么？要不要水喝？"我只觉得身上头上像有火在烧，叫她快点把盖在那里的棉被掀开。她又轻轻的止住我说："不，不，野猫要来的！"我举目向煤油灯下一看，眼睛里起了花，一个一个的物体黑影，却变了相，真以为是身入了野猫的世界，就哗的一声大哭了起来。祖母、母亲，听见了我的哭声，也赶到房里来了，我只听见母亲吩咐翠花说："你去吃夜饭去，阿官由我来陪他！"

翠花后来嫁给了一位我小学里的先生去做填房，生了儿女，做了主母。现在也已经有了白发，成了寡妇了。前几年，我回家去，看见她刚从乡下挑了一担老玉米之类的土产来我们家里探望我的老母。和她已经有二十几年不见了，她突然看见了我，先笑了一阵，后来就哭了起来。我问她的儿子，就是我的外甥有没有和她一起进城来玩，她一边擦着眼泪，一边还向布裙袋里摸出了一个烤白芋来给我吃。我笑着接过来了，边上的人也笑了起来，大约我在她的眼里，总还只是五六岁的一个孤独的孩子。

我的梦，我的青春！

——自传之二

不晓得是在哪一本俄国作家的作品里，曾经看到过一段写一个小村落的文字，他说："譬如有许多纸折起来的房子，摆在一段高的地方，被大风一吹，这些房子就歪歪斜斜地飞落到了谷里，紧挤在一道了。"前面有一条富春江绕着，东西北的三面尽是些小山包住的富阳县城，也的确可以借了这一段文字来形容。

虽则是一个行政中心的县城，可是人家不满三千，商店不过百数；一般居民，全不晓得做什么手工业，或其他新式的生产事业，所靠以度日的，有几家自然是祖遗的一点田产，有几家则专以小房子出租，在吃两元三元一月的

159

租金；而大多数的百姓，却还是既无恒产，又无恒业，没有目的，没有计划，只同蟑螂似的在那里出生，死亡，繁殖下去。

这些蟑螂的密集之区，总不外乎两处地方：一处是三个铜子一碗的茶店，一处是六个铜子一碗的小酒馆。他们在那里从早晨坐起，一直可以坐到晚上上排门的时候；讨论柴米油盐的价格，传播东邻西舍的新闻，为了一点不相干的细事，譬如说吧，甲以为李德泰的煤油只卖三个铜子一提，乙以为是五个铜子两提的话，双方就会得争论起来；此外的人，也马上分成甲党或乙党提出证据，互相论辩；弄到后来，也许相打起来，打得头破血流，还不能够解决。

因此，在这么小的一个县城里，茶店酒馆，竟也有五六十家之多；于是大部分的蟑螂，就家里可以不备面盆手巾，桌椅板凳，饭锅碗筷等日常用具，而悠悠地生活过去了。离我们家里不远的大江边上，就有这样的两处蟑螂之窟。

在我们的左面，住有一家砍砍柴，卖卖菜，人家死人或娶亲，去帮帮忙跑跑腿的人家。他们的一族，男女老小的人数很多很多，而住的那一间屋，却只比牛栏马槽大了一点。他们家里的顶小的一位苗裔年纪比我大一岁，名字叫阿千，冬天穿的是同伞似的一堆破絮，夏天，大半身是光光地裸着的；因而皮肤黝黑，臂膀粗大，脸上也像是生落地之后，只洗了一次的样子。他虽只比我大了一岁，但是跟了他们屋里的大人，茶店酒馆日日去上，婚丧的人家，也老在进出；打起架吵起嘴来，尤其勇猛。我每天见他从我们的门口走过，心里老在羡慕，以为他又上茶店酒馆去了，我要到什么时候，才可以同他一样的和大人去夹在一道呢！而他的出去和回来，不管是在清早或深夜，我总没有一次不注意到的，因为他的喉音很大，有时候一边走着，一边在绝叫着和大人谈天，若只他一个人的时候哩，总在噜苏地唱戏。

当一天的工作完了，他跟了他们家里的大人，一道上酒店去的时候，看见我欣羡地立在门口，他原也曾邀约过我；但一则怕母亲要骂，二则胆子终于太小，经不起那些大人的盘问笑说，我总是微笑着摇摇头，就跑进屋里去躲开了，为的是上茶酒店去的诱惑性，实在强不过。

有一天春天的早晨，母亲上父亲的坟头去扫墓去了，祖母也一侵早上了一座远在三四里路外的庙里去念佛。翠花在灶下收拾早餐的碗筷，我只一个人立在门口，看有淡云浮着的青天。忽而阿千唱着戏，背着钩刀和小扁担绳索之类，从他的家里出来，看了我的那种没精打采的神气，他就立了下来和我谈天，并且说：

"鹳山后面的盘龙山上，映山红开得多着哩；并且还有乌米饭（是一种小黑果子），彤管子（也是一种刺果），刺莓等等，你跟了我来吧，我可以采一大堆给你。你们奶奶，不也在北面山脚下的真觉寺里念佛么？等我砍好了柴，我就可以送你上寺里去吃饭去。"

阿千本来是我所崇拜的英雄，而这一回又只有他一个人去砍柴，天气那么的好，今天侵早祖母出去念佛的时候，我本是嚷着要同去的，但她因为怕我走不动，就把我留下了。现在一听到了这一个提议，自然是心里急跳了起来，两只脚便也很轻松地跟他出发了，并且还只怕翠花要出来阻挠，跑路跑得比平时只有得快些。出了弄堂，向东沿着江，一口气跑出了县城之后，天地宽广起来了，我的对于这一次冒险的惊惧之心就马上被大自然的威力所压倒。这样问问，那样谈谈，阿千真像是一部小小的自然界的百科大辞典；而到盘龙山脚去的一段野路，便成了我最初学自然科学的模范小课本。

麦已经长得有好几尺高了，麦田里的桑树，也都发出了绒样的叶芽。晴天里舒叔叔的一声飞鸣过去的，是老鹰在觅食；树枝头吱吱喳喳，似在打架又像是在谈天的，大半是麻雀之类，远处的竹林丛里，既有抑扬，又带余韵，在那里歌唱的，才是深山的画眉。

上山的路旁，一拳一拳像小孩子的拳头似的小草，长得很多；拳的左右上下，满长着了些绛黄的绒毛，仿佛是野生的虫类，我起初看了，只在害怕，走路的时候，若遇到一丛，总要绕一个弯，让开它们，但阿千却笑起来了，他说：

"这是薇蕨，摘了去，把下面的粗干切了，炒起来吃，味道是很好的哩！"

渐走渐高了，山上的青红杂色，迷乱了我的眼目。日光直射在山坡上，从草木泥土里蒸发出来的一种气息，使我呼吸感到了困难；阿千也走得热起来了，把他的一件破夹袄一脱，丢向了地下。教我在一块大石上坐下息着，他一个人穿了一件小衫唱着戏去砍柴采野果去了；我回身立在石上，向大江一看，又深深地深深地得到了一种新的惊异。

这世界真大呀！那宽广的水面！那澄碧的天空！那些上下的船只，究竟是从哪里来，上哪里去的呢？

我一个人立在半山的大石上，近看看有一层阳炎在颤动着的绿野桑田，远看看天和水以及淡淡的青山，渐听得阿千的唱戏声音幽下去远下去了，心里就莫名其妙的起了一种渴望与愁思。我要到什么时候才能大起来呢？我要到什么时候才可以到这像在天边似的远处去呢？到了天边，那么我的家呢？我的家里的人呢？同时感到了对远处的遥念与对乡井的离愁，眼角里便自然而然地涌出了热泪。到后来，脑子也昏乱了，眼睛也模糊了，我只呆呆的立在那块大石上的太阳里做幻梦。我梦见有一只揩擦得很洁净的船，船上面张着了一面很大很饱满的白帆，我和祖母、母亲、翠花、阿千等都在船上，吃着东西，唱着戏，顺流下去，到了一处不相识的地方。我又梦见城里的茶店酒馆，都搬上山来了，我和阿千便在这山上的酒馆里大喝大嚷，旁边的许多大人，都在那里惊奇仰视。

这一种接连不断的白日之梦，不知做了多少时候，阿千却背了一捆小小的草柴，和一包刺莓、映山红、乌米饭之类的野果，回到我立在那里的大石边来了；他脱下了小衫，光着了脊肋，那些野果就系包在他的小衫里面的。

他提议说，时候不早了，他还要砍一捆柴，且让我们吃着野果，先从山腰走向后山去吧，因为前山的草柴，已经被人砍完，第二捆不容易采刮拢来了。

慢慢地走到了山后，山下的那个真觉寺的钟鼓声音，早就从春空里传送到了我们的耳边，并且一条青烟，也刚从寺后的厨房里透出了屋顶。向寺里看了一眼，阿千就放下了那捆柴，对我说：

"他们在烧中饭了，大约离吃饭的时候也不很远，我还是先送你到寺里去吧！"

我们到了寺里，祖母和许多同伴者的念佛婆婆，都张大了眼睛，惊异了起来。阿千走后，她们就开始问我这一次冒险的经过，我也感到了一种得意，将如何出城，如何和阿千上山采集野果的情形，说得格外的详细。后来坐上桌去吃饭的时候，有一位老婆婆问我："你大了，打算去做些什么？"我就毫不迟疑地回答她说："我愿意去砍柴！"

故乡的茶店酒馆，到现在还在风行热闹，而这一位茶店酒馆里的小英雄，初次带我上山去冒险的阿千，却在一年涨大水的时候，喝醉了酒，淹死了。他们的家族，也一个个地死的死，散的散，现在没有生存者了；他们的那一座牛栏似的房屋，已经换过了两三个主人。时间是不饶人的，盛衰起灭也绝对地无常的：阿千之死，同时也带去了我的梦，我的青春！

书塾与学堂
——自传之三

从前我们学英文的时候，中国自己还没有教科书，用的是一册英国人编了预备给印度人读的同《纳氏文法》是一路的读本。这读本里，有一篇说中国人读书的故事。插画中画着一位年老背曲拿烟管戴眼镜拖辫子的老先生坐在那里听学生背书，立在这先生前面背书的，也是一位拖着长辫的小后生。不晓为什么原因，这一课的故事，对我印象特别的深，到现在我还约略谙诵得出来。里面曾说到中国人读书的奇习，说："他们无论读书背书时，总要把身体东摇西扫，摇动得像一个自鸣钟的摆。"这一种读书背书时摇摆身体的作用与快乐，大约是没有在从前的中国书塾里

166

读过书的人所永不能了解的。

我的初上书塾去念书的年龄，却说不清楚了，大约总在七八岁的样子；只记得有一年冬天的深夜，在烧年纸的时候，我已经有点蒙眬想睡了，尽在擦眼睛，打呵欠，忽而门外来了一位提着灯笼的老先生，说是来替我开笔的。我跟着他上了香，对孔子的神位行了三跪九叩之礼；立起来就在香案前面的一张桌上写了一张"上大人"的红字，念了四句"人之初，性本善"的《三字经》。第二年的春天，我就夹着绿布书包，拖着红丝小辫，摇摆着身体，成了那册英文读本里的小学生的样子了。

经过了三十余年的岁月，把当时的苦痛，一层层地摩擦干净，现在回想起来，这书塾里的生活，实在是快活得很。因为要早晨坐起一直坐到晚的缘故，可以助消化，健身体的运动，自然只有身体的死劲摇摆与放大喉咙的高叫了。大小便，是学生们监禁中暂时的解放，故而厕所就变作了乐园。我们同学中间的一位最淘气的，是学宫陈老师的儿子，名叫陈方；书塾就系附设在学宫里面的。陈方每天早晨，总要大小便十二三次，后来弄得先生没法，就设下了一支令签，凡须出塾上厕所的人，一定要持签而出；于是两人同去，在厕所里捣鬼的弊端革去了，但这令签的争夺，又成了一般学生们的唯一的娱乐。

陈方比我大四岁，是书塾里的头脑；像春香闹学似的把戏，总是由他发起，由许多虾兵蟹将来演出的，因而先生的挞伐，也以落在他一个人的头上者居多。不过同学中间的有几位狡猾的人，委过于他，使他冤枉被打的事情也着实不少；他明知道辩不清的，每次替人受过之后，总只张大了两眼，滴落几滴大泪点，摸摸头上的痛处就了事。我后来进了当时由书院改建的新式的学堂，而陈方也因他父亲的去职而他迁，一直到现在，还不曾和他有第二次见面的机会；这机会大约是永也不会再来了，因为国共分家的当日，在香港仿佛曾听见人说起过他，说他的那一种惨死的样子，简直和杜格纳夫所描写的卢亭，完全是一样。

由书塾而到学堂！这一个转变，在当时的我的心里，比从天上飞到地上，还要来得大而且奇。其中的最奇之处，是我一个人，在全校的学生当中，身体年龄，都属最小的一点。

当时的学堂，是一般人的崇拜和惊异的目标。将书院的旧考棚撤去了几排，一间像鸟笼似的中国式洋房造成功的时候，甚至离城有五六十里路远的乡下人，都成群结队，带了饭包雨伞，走进城来挤看新鲜。在校舍改造成功的半年之中，"洋学堂"的三个字，成了茶店酒馆，乡村城市里的谈话的中心；而穿着奇形怪状的黑斜纹布制服的学堂生，似乎都是万能的张天师，人家也在侧目而视，自家也在暗鸣得意。

一县里唯一的这县立高等小学堂的堂长，更是了不得的一位大人物，进进出出，用的是蓝呢小轿；知县请客，总少不了他。每月第四个礼拜六下午作文课的时候，县官若来监课，学生们特别有两个肉馒头好吃；有些住在离城十余里的乡下的学生，于作文课作完后回家的包裹里，往往将这两个肉馒头包得好好，带回乡下去送给邻里尊长，并非想学颖考叔的纯孝，却因为这肉馒头是学堂里的东西，而又出于知县官之所赐，吃了是可以驱邪启智的。

实际上我的那一班学堂里的同学，确有几位是进过学的秀才，年龄都在三十左右；他们穿起制服来，因为背形微驼，样子有点不大雅观，但穿了袍子马褂，摇摇摆摆走回乡下去的态度，却另有着一种堂皇严肃的威仪。

初进县立高等小学堂的那一年年底，因为我的平均成绩，超出了八十分以上，突然受了堂长和知县的提拔，令我和四位其他的同学跳过了一班，升入了高两年的级里；这一件极平常的事情，在县城里居然也耸动了视听，而在我们的家庭里，却引起了一场很不小的风波。

是第二年春天开学的时候了，我们的那位寡母，辛辛苦苦，调集了几块大洋的学费书籍费缴进学堂去后，我向她又提出了一个无理的要求，硬要她去为我买一双皮鞋来穿。在当时的我的无邪的眼里，觉得在制服下穿上一双皮鞋，挺胸伸脚，得得得得地在石板路上走去，就是世界上最光荣的事情；跳过了一班，升进了一级的我，非要如此打扮，才能够压服许多比我大一半年龄的同学的心。为凑集学费之类，已经罗掘得精光的我那位母亲，自然是再也没有两块大洋的余钱替我去买皮鞋了，不得已就只好老了面皮，带着了我，上大街上的洋广货店里去赊去；当时的皮鞋，是由上海运来，在洋广货店里寄售的。

　　一家，两家，三家，我跟了母亲，从下街走起，一直走到了上街尽处的那一家隆兴字号。店里的人，看我们进去，先都非常客气，摸摸我的头，一双一双的皮鞋拿出来替我试脚；但一听到了要赊欠的时候，却同样地都白了眼，作一脸苦笑，说要去问账房先生的。而各个账房先生，又都一样地板起了脸，放大了喉咙，说是赊欠不来。到了最后那一家隆兴里，惨遭拒绝赊欠的一瞬间，母亲非但涨红了脸，我看见她的眼睛，也有点红起来了。不得已只好默默地旋转了身，走出了店；我也并无言语，跟在她的后面走回家来。到了家里，她先掀着鼻涕，上楼去了半天；后来终于带了一大包衣服，走下楼来了，我晓得她是将从后门走出，上当铺去以衣服抵押现钱的；这时候，我心酸极了，哭着喊着，赶上了后门边把她拖住，就绝命的叫说：

"娘，娘！您别去吧！我不要了，我不要皮鞋穿了！那些店家！那些可恶的店家！"

我拖住了她跪向了地下，她也呜呜地放声哭了起来。两人的对泣，惊动了四邻，大家都以为是我得罪了母亲，走拢来相劝。我愈听愈觉得悲哀，母亲也愈哭愈是厉害，结果还是我重赔了不是，由间壁的大伯伯带走，走上了他们的家里。

自从这一次的风波以后，我非但皮鞋不着，就是衣服用具，都不想用新的了。拼命的读书，拼命的和同学中的贫苦者相往来，对有钱的人，经商的人仇视等，也是从这时候而起的。当时虽还只有十一二岁的我，经了这一番波折，居然有起老成人的样子来了，直到现在，觉得这一种怪僻的性格，还是改不转来。

到了我十三岁的那一年冬天，是光绪三十四年，皇帝死了；小小的这富阳县里，也来了哀诏，发生了许多议论。熊成基的安徽起义，无知幼弱的溥仪的入嗣，帝室的荒淫，种族的歧异等等，都从几位看报的教员的口里，传入了我们的耳朵。而对于我印象最深的，是一位国文教员拿给我们看的报纸上的一张青年军官的半身肖像。他说，这一位革命义士，在哈尔滨被捕，在吉林被清的大员及汉族的卖国奴等生生地杀掉了；我们要复仇，我们要努力用功。所谓种族，所谓革命，所谓国家等等的概念，到这时候，才隐约地在我脑里生了一点儿根。

水样的春愁

——自传之四

洋学堂里的特殊科目之一，自然是伊利哇拉的英文。现在回想起来，虽不免有点觉得好笑，但在当时，杂在各年长的同学当中，和他们一样地曲着背，耸着肩，摇摆着身体，用了读《古文辞类纂》的腔调，高声朗诵着皮衣啤，皮哀排的精神，却真是一点儿含糊苟且之处都没有的。初学会写字母之后，大家所急于想一试的，是自己的名字的外国写法；于是教英文的先生，在课余之暇就又多了一门专为学生拼英文名字的工作。有几位想走捷径的同学，并且还去问过先生，外国《百家姓》和外国《三字经》有没有得买的？先生笑着回答说，外国《百家姓》和《三字

173

经》，就只有你们在读的那一本泼剌玛的时候，同学们于失望之余，反更是皮哀排，皮衣啤地叫得起劲。当然是不用说的，学英文还没有到一个礼拜，几本当教科书用的《十三经注疏》《御批通鉴辑览》的黄封面上，大家都各自用墨水笔题上了英文拼的歪斜的名字。又进一步，便是用了异样的发音，操英文说着"你是一只狗""我是你的父亲"之类的话，大家互讨便宜的混战；而实际上，有几位乡下的同学，却已经真的是两三个小孩子的父亲了。

因为一班之中，我的年龄算最小，所以自修室里，当监课的先生走后，另外的同学们在密语着哄笑着的关于男女的问题，我简直一点儿也感不到兴趣。从性知识发育落后的一点上说，我确不得不承认自己是一个最低能的人。又因自小就习于孤独，困于家境的结果，怕羞的心，畏缩的性，更使我的胆量，变得异常的小。在课堂上，坐在我左边的一位同学，年纪只比我大了一岁，他家里有几位相貌长得和他一样美的姊妹，并且住得也和学堂很近很近。因此，在校里，他就是被同学们苦缠得最厉害的一个；而礼拜天或假日，他的家里，就成了同学们的聚集的地方。当课余之暇，或放假期里，他原也恳切地邀过我几次，邀我上他家里去玩去；但形秽之感，终于把我的向往之心压住，曾有好几次想决心跟了他上他家去，可是到了他们的门口，却又同罪犯似的逃了。他以他的美貌，以他的财富和姊妹，不但在学堂里博得了绝大的声势，就是在我们那小小的县城里，也赢得了一般的好誉。而尤其使我羡慕的，是他的那一种对同我们是同年辈的异性们的周旋才略，当时我们县城里的几位相貌比较艳丽一点的女性，个个是和他要好的，但他也实在真胆大，真会取巧。

当时同我们是同年辈的女性，装饰入时，态度豁达，为大家所称道的，有三个。一个是一位在上海开店，富甲一邑的商人赵某的侄女；她住得和我最近。还有两个，也是比较富有的中产人家的女儿，在交通不便的当时，已经各跟了她们家里的亲戚，到杭州上海等地方去跑跑了；她们俩，却都是我那位同学的邻居。这三个女性的门前，当傍晚的时候，或月明的中夜，老有一个一个的黑影在徘徊；这些黑影的当中，有不少都是我们的同学。因为每到礼拜一的早晨，没有上课之先，我老听见有同学们在操场上笑说在一道，并且时时还高声地用着英文作了隐语，如"我看见她了！""我听见她在读书"之类。而无论在什么地方于什么时候的凡关于这一类的谈话的中心人物，总是课堂上坐在我的左边，年龄只比我大一岁的那一位天之骄子。

赵家的那位少女，皮色实在细白不过，脸形是瓜子脸；更因为她家里有了几个钱，而又时常上上海她叔父那里去走动的缘故，衣服式样的新异，自然可以不必说，就是做衣服的材料之类，也都是当时未开通的我们所不曾见过的。她们家里，只有一位寡母和一个年轻的女仆，而住的房子却很大很大。门前是一排柳树，柳树下还杂种着些鲜花；对面的一带红墙，是学宫的泮水围墙，泮池上的大树，枝叶垂到了墙外，红绿便映成着一色。当浓春将过，首夏初来的春三四月，脚踏着日光下石砌路上的树影，手捉着扑面飞舞的杨花，到这一条路上去走走，就是没有什么另外的奢望，也很有点像梦里的游行，更何况楼头窗里，时常会有那一张少女的粉脸出来向你抛一眼两眼的低眉斜视呢！

此外的两个女性，相貌更是完整，衣饰也尽够美丽，并且因为她俩的住址接近，出来总在一道，平时在家，也老在一处，所以胆子也大，认识的人也多。她们在二十余年前的当时，已经是开放得很，有点像现代的自由女子了，因而上她们家里去鬼混，或到她们门前去守望的青年，数目特别的多，种类也自然要杂。

我虽则胆量很小，性知识完全没有，并且也有点过分的矜持，以为成日地和女孩子们混在一道，是读书人的大耻，是没出息的行为；但到底还是一个亚当的后裔，喉头的苹果，怎么也吐它不出咽它不下，同北方厚雪地下的细草萌芽一样，到得冬来，自然也难免得有些望春之意；老实说将出来，我偶尔在路上遇见她们中间的无论哪一个，或凑巧在她们门前走过一次的时候，心里也着实有点儿难受。

住在我那同学邻近的两位，因为距离的关系，更因为她们的处世知识比我长进，人生经验比我老成得多，和我那位同学当然是早已有过纠葛，就是和许多不是学生的青年男子，也各已有了种种的风说，对于我虽像是一种含有毒汁的妖艳的花，诱惑性或许格外的强烈，但明知我自己决不是她们的对手，平时不过于遇见的时候有点难以为情的样子，此外倒也没有什么了不得的思慕，可是那一位赵家的少女，却整整地恼乱了我两年的童心。

我和她的住处比较得近，故而三日两头，总有着见面的机会。见面的时候，她或许是无心，只同对于其他的同年辈的男孩子打招呼一样，对我微笑一下，点一点头，但在我却感得同犯了大罪被人发觉了的样子，和她见面一次，马上要变得头昏耳热，胸腔里的一颗心突突地总有半个钟头好跳。因此，我上学去或下课回来，以及平时在家或出外去的时候，总无时无刻不在留心，想避去和她的相见。但遇到了她，等她走过去后，或用功用得很疲乏把眼睛从书本子举起的一瞬间，心里又老在盼望，盼望着她再来一次，再上我的眼面前来立着对我微笑一脸。

有时候从家中进出的人的口里传来，听说"她和她母亲又上上海去了，不知要什么时候回来？"我心里会同时感到一种像释重负又像失去了什么似的忧虑，生怕她从此一去，将永久地不回来了。

　　同芭蕉叶似的重重包裹着的我这一颗无邪的心，不知在什么地方，透露了消息，终于被课堂上坐在我左边的那位同学看穿了。一个礼拜六的下午，落课之后，他轻轻地拉着了我的手对我说："今天下午，赵家的那个小丫头，要上倩儿家去，你愿不愿意和我同去一道玩儿？"这里所说的倩儿，就是那两位他邻居的女孩子之中的一个的名字。我听了他的这一句密语，立时就涨红了脸，喘急了气，嗫嚅着说不出一句话来回答他，尽在拼命的摇头，表示我不愿意去，同时眼睛里也水汪汪地想哭出来的样子；而他却似乎已经看破了我的隐衷，得着了我的同意似的用强力把我拖出了校门。

　　到了倩儿她们的门口，当然又是一番争执，但经他大声的一喊，门里的三个女孩，却同时笑着跑出来了；已经到了她们的面前，我也没有什么别的办法了，自然只好俯着首，红着脸，同被绑赴刑场的死刑囚似的跟她们到了室内。经我那位同学带了滑稽的声调将如何把我拖来的情节说了一遍之后，她们接着就是一阵大笑。我心里有点气起来了，以为她们和他在侮辱我，所以于羞愧之上，又加了一层怒意。但是奇怪得很，两只脚却软落来了，心里虽在想一溜跑走，而腿神经终于不听命令。跟她们再到客房里去坐下，看她们四人捏起了骨牌，我连想跑的心思也早已忘掉，坐将在我那位同学的背后，眼睛虽则时时在注视着牌，但间或得着机会，也着实向她们的脸部偷看了许多次数。等她们的输赢赌完，一餐东道的夜饭吃过，我也居然和她们伴熟，有说有笑了。临走的时候，倩儿的母亲还派了我一个差使，点上灯笼，要我把赵家的女孩送回家去。自从这一回后，我也居然入了我那同学的伙，不时上赵家和另外的两女孩家去进出了；可是生来胆小，又加以毕业考试的将次到来，我的和她们的来往，终没有像我那位同学似的繁密。

正当我十四岁的那一年春天（一九〇九，宣统元年己酉），是旧历正月十三的晚上，学堂里于白天给与了我以毕业文凭及增生执照之后，就在大厅上摆起了五桌送别毕业生的酒宴。这一晚的月亮好得很，天气也温暖得像二三月的样子。满城的爆竹，是在庆祝新年的上灯佳节，我于喝了几杯酒后，心里也感到了一种不能抑制的欢欣。出了校门，踏着月亮，我的双脚，便自然而然地走向了赵家。她们的女仆陪她母亲上街去买蜡烛水果等过元宵的物品去了，推门进去，我只见她一个人拖着了一条长长的辫子，坐在大厅上的桌子边上洋灯底下练习写字。听见了我的脚步声音，她头也不朝转来，只曼声地问了一声："是谁？"我故意屏着声，提着脚，轻轻地走上了她的背后，一使劲一口就把她面前的那盏洋灯吹灭了。月光如潮水似的浸满了这一座朝南的大厅，她于一声高叫之后，马上就把头朝了转来。我在月光里看见了她那张大理石似的嫩脸，和黑水晶似的眼睛，觉得怎么也熬忍不住了，顺势就伸出了两只手去，捏住了她的手臂。两人的中间，她也不发一语，我也并无一言，她是扭转了身坐着，我是向她立着的。她只微笑着看看我看看月亮，我也只微笑着看看她看看中庭的空处，虽然此外的动作，轻薄的邪念，明显的表示，一点儿也没有，但不晓怎样一股满足，深沉，陶醉的感觉，竟同四周的月亮一样，包满了我的全身。

两人这样的在月光里沉默着相对，不知过了多久，终于她轻轻地开始说话了："今晚上你在喝酒？""是的，是在学堂里喝的。"到这里我才放开了两手，向她边上的一张椅子里坐了下去。"明天你就要上杭州去考中学去么？"停了一会，她又轻轻地问了一声。"嗳，是的，明朝坐快班船去。"两人又沉默着，不知坐了几多时候，忽听见门外头她母亲和女仆说话的声音渐渐儿的近了，她于是就忙着立起来擦洋火，点上了洋灯。

　　她母亲进到了厅上，放下了买来的物品，先向我说了些道贺的话，我也告诉了她，明天将离开故乡到杭州去；谈不上半点钟的闲话，我就匆匆告辞出来了。在柳树影里披了月光走回家来，我一边回味着刚才在月光里和她两人相对时的沉醉似的恍惚，一边在心的底里，忽儿又感到了一点极淡极淡，同水一样的春愁。

　　　　　　　　　　　　　　　　　　一月五日

远一程，再远一程！

——自传之五

自富阳到杭州，陆路驿程九十里，水道一百里；三十多年前头，非但汽车路没有，就是钱塘江里的小火轮，也是没有的。那时候到杭州去一趟，乡下人叫做充军，以为杭州是和新疆伊犁一样的远，非犯下流罪，是可以不去的极边。因而到杭州去之先，家里非得供一次祖宗，虔诚祷告一番不可，意思是要祖宗在天之灵，一路上去保护着他们的子孙。而邻里戚串，也总都来送行，吃过夜饭，大家手提着灯笼，排成一字，沿江送到夜航船停泊的埠头，齐叫着"顺风！顺风！"才各回去。摇夜航船的船夫，也必在开船之先，沿江绝叫一阵，说船要开了，然后再上舵艄去烧一堆纸帛，以敬神明，以赂恶鬼。当我去杭州的那一年，交通已经有一点进步了，于夜航船之外，又有了一次日班的快班船。

因为长兄已去日本留学，二兄入了杭州的陆军小学堂，年假是不放的，祖母母亲，又都是女流之故，所以陪我到杭州去考中学的人选，就落到了一位亲戚的老秀才的头上。这一位老秀才的迂腐迷信，实在要令人吃惊，同时也可以令人起敬。他于早餐吃了之后，带着我先上祖宗堂前头去点了香烛，行了跪拜，然后再向我祖母母亲，作了三个长揖；虽在白天，也点起了一盏"仁寿堂郁"的灯笼，临行之际，还回到祖宗堂前面去拔起了三株柄香和灯笼一道捏在手里。祖母为忧虑着我这一个最小的孙子，也将离乡别井，远去杭州之故，三日前就愁眉不展，不大吃饭不大说话了；母亲送我们到了门口，"一路要……顺风……顺风！……"地说了半句未完的话，就跑回到了屋里去躲藏，因为出远门是要吉利的，眼泪决不可以教远行的人看见。

船开了，故乡的城市山川，高低摇晃着渐渐儿退向了后面；本来是满怀着希望，兴高采烈在船舱里坐着的我，到了县城极东面的几家人家也看不见的时候，鼻子里忽而起了一阵酸溜。正在和那老秀才谈起的作诗的话，也只好突然中止了，为遮掩着自己的脆弱起见，我就从网篮里拿出了几册《古唐诗合解》来读。但事不凑巧，信手一翻，恰正翻到了"离家日趋远，衣带日趋缓，心思不能言，肠中车轮转"的几句古歌，书本上的字迹模糊起来了，双颊上自然止不住地流下了两条冷冰冰的眼泪。歪倒了头，靠住了舱板上的一卷铺盖，我只能装作想睡的样子。但是眼睛不闭倒还好些，等眼睛一闭拢来，脑子里反而更猛烈地起了狂飙。我想起了祖母、母亲，当我走后的那一种孤冷的情形；我又想起了在故乡城里当这一忽儿的大家的生活起居的样子，在一种每日习熟的周围环境之中，却少了一个"我"了，太阳总依旧在那里晒着，市街上总依旧是那么热闹的；最后，我还想起了赵家的那个女孩，想起了昨晚上和她在月光里相对的那一刻的春宵。

少年的悲哀，毕竟是易消的春雪；我躺下身体，闭上眼睛，流了许多暗泪之后，弄假成真，果然不久就呼呼地熟睡了过去。等那位老秀才摇我醒来，叫我吃饭的时候，船却早已过了渔山，就快入钱塘的境界了。几个钟头的安睡，一顿饱饭的快啖，和船篷外的山水景色的变换，把我满抱的离愁，洗涤得干干净净；在孕实的风帆下引领远望着杭州的高山，和老秀才谈谈将来的日子，我心里又鼓起了一腔勇进的热意，"杭州在望了，以后就是不可限量的远大的前程！"

当时的中学堂的入学考试，比到现在，着实还要容易；我考的杭府中学，还算是杭州三个中学——其它的两个，是宗文和安定——之中，最难考的一个，但一篇中文，两三句英文的翻译，以及四题数学，只教有两小时的工夫，就可以缴卷了事的。等待发榜之前的几日闲暇，自然落得去游游山玩玩水，杭州自古是佳丽的名区，而西湖又是可以比得西子的消魂之窟。

三十年来，杭州的景物，也大变了；现在回想起来，觉得旧日的杭州，实在比现在，还要可爱得多。

那时候，自钱塘门里起，一直到涌金门内止，城西的一角，是另有一道雉墙围着的，为满人留守绿营兵驻防的地方，叫作旗营；平常是不大有人进去，大约门禁总也是很森严的无疑，因为将军以下，千总把总以上，参将，都司，游击，守备之类的将官，都住在里头。游湖的人，只有坐了轿子，出钱塘门，或到涌金门外去船的两条路；所以涌金门外临湖的颐园三雅园的几家茶馆，生意兴隆，座客常常挤满。而三雅园的陈设，实在也精雅绝伦，四时有鲜花的摆设，墙上门上，各有咏西湖的诗词屏幅联语等贴的贴挂的挂在那里。并且还有小吃，像煮空的豆腐干，白莲藕粉等，又是价廉物美的消闲食品。其次为游人所必到的，是城隍山了。四景园的生意，有时候比三雅园还要热闹，"城隍山上去吃酥油饼"这一句俗话，当时是无人不晓得的一句隐语，是说乡下人上大菜馆要做洋盘的意思。而酥油饼的价钱的贵，味道的好，和吃不饱的几种特性，也是尽人皆知的事实。

我从乡下初到杭州，而又同大观园里的香菱似的刚在私私地学做诗词，一见了这一区假山盆景似的湖山，自然快活极了；日日和那位老秀才及第二位哥哥喝喝茶，爬爬山，等到榜发之后，要缴学膳费进去的时候，带来的几个读书资本，却早已消费了许多，有点不足了。在人地生疏的杭州，借是当然借不到的；二哥哥的陆军小学里每月只有二元也不知三元钱的津贴，自己做零用，还很勉强，更哪里有余钱来为我弥补？

在旅馆里唉声叹气，自怨自艾，正想废学回家，另寻出路的时候，恰巧和我同班毕业的三位同学，也从富阳到杭州来了；他们是因为杭府中学难考，并且费用也贵，预备一道上学膳费比较便宜的嘉兴去进府中的。大家会聚拢来一谈一算，觉着我手头所有的钱，在杭州果然不够读半年书，但若上嘉兴去，则连来回的车费也算在内，足可以维持半年而有余。穷极计生，胆子也放大了，当日我就决定和他们一道上嘉兴去读书。

第二天早晨，别了哥哥，别了那位老秀才，和同学们一起四个，便上了火车，向东的上离家更远的嘉兴府去。在把杭州已经当作极边看了的当时，到了言语风习完全不同的嘉兴府后，怀乡之念，自然是更加得迫切。半年之中，当寝室的油灯灭了，或夜膳刚毕，操场上暗沉沉没有旁的同学在的地方，我一个人真不知流尽了多少的思家的热泪。

忧能伤人，但忧亦能启智，在孤独的悲哀里沉浸了半年，暑假中重回到故乡的时候，大家都说我长成得像一个大人了。事实上，因为在学堂里，被怀乡的愁思所苦扰，我没有别的办法好想，就一味的读书，一味的做诗。并且这一次自嘉兴回来，路过杭州，又住了一日；看看袋里的钱，也还有一点盈余，湖山的赏玩，当然不再去空费钱了，从梅花碑的旧书铺里，我竟买来了一大堆书。

这一大堆书里，对我的影响最大，使我那一年的暑假期，过得非常快活的，有三部书。一部是黎城勒氏的《吴诗集览》，因为吴梅村的夫人姓郁，我当时虽则还不十分懂得他的诗的好坏，但一想到他是和我们郁氏有姻戚关系的时候，就莫名其妙地感到了一种亲热。一部是无名氏编的《庚子拳匪始末记》，这一部书，从戊戌政变说起，说到六君子的被害，李莲英的受宠，联军的入京，圆明园的纵火等地方，使我满肚子激起了义愤。还有一部，是署名曲阜鲁阳生孔氏编定的《普天忠愤集》，甲午前后的章奏议论，诗词赋颂等慷慨激昂的文章，收集得很多；读了之后，觉得中国还有不少的人才在那里，亡国大约是不会亡的。而这三部书读后的一个总感想，是恨我出世得太迟了，前既不能见吴梅村那样的诗人，和他去做个朋友，后又不曾躬逢着甲午庚子的两次大难，去冲锋陷阵地尝一尝打仗的滋味。

这一年的暑假过后，嘉兴是不想再去了；所以秋期始业的时候，我就仍旧转入了杭府中学的一年级。

北国的微音

死后的千言万语，总不及生前的一杯咖啡乌来得实际。

北国的微音

北国的寒宵，实在是沉闷得很，尤其是像我这样的不眠症者，更觉得春夜之长。似水的流年，过去真快，自从海船上别后，匆匆又换了年头。以岁月计算，虽则不过隔了五个足月，然而回想起来，我同你们在上海的历史，好像是隔世的生涯，去今已有几百年的样子。河畔冰开，江南草长，虫鱼鸟兽，各有阳春发动之心，而自称为动物中之灵长，自信为人类中的有思想者的我，依旧是奄奄待毙，没有方法消度今天，更没有雄心欢迎来日。几日前头，有一位日本的新闻记者，来访我的贫居。他问我："为什么要消沉到这个地步？"我问他："你何以不消沉，要从东城跑许多路特来访我？"他说："是为了职务。"我又问他："你的职务，是对谁的?"他说:"我的职务，是对国家，对社会的。"我说:"那么你就应该知道我的消沉也是对国家，对社会的。现在世上的国家是什么?社会是什么?尤其是我们中国?"他的来访的目的，本来是为问我对于日本对华文化事业的意见如何，中国将来的教育方针如何的——他之所以来访者，一则因为我在某校里教书，二则因为我在日本住过十多年，或者对于某种事项，略有心得的缘故——后来听了我这一段诡辩，他也把职务丢开，谈了许多无关紧要的闲话走了。他走之后，我一个人衔了纸烟想想，觉得人类社会的许多事情，毕竟是庸人自扰。什么国富兵强，什么和平共乐，都是一班野兽，于饱食之余，在暖梦里织出来的回文锦字。像我这样的生性，在我这样的境遇下的闲人，更有什么可想，什么可做呢?写到这里我又想起T君批评我的话来了，他说"某书的作者，嘲世骂俗，却落得一个牢骚派的美名"。实在我想T君的话，一点儿也不错。人若把我们的那些浅薄无聊的"徒然草"合在一处，加上一个牢骚派的名目，思欲抹杀而厌鄙之，倒反便宜了我们。因为我们的那些东西，本来是同身上的积垢，口中的吐气一样，不期然而然的发生表现出来的，哪里配称作牢骚，更哪里配称作派呢?我读到《歧路》，沫若，觉得你对于自家的艺术的虚视——这虚视两字，我也不知道妥当不妥当，或者用怀疑两字比较确切吧——也和我一样。不错不错，我这封信，是从友人宴会席上回来，读了《歧路》之后，拿起笔来写的。我写这一封信的动机，原是想和你们谈谈我对于《歧路》的感想的呀！

沫若！我觉得人生一切都是虚幻，真真实在的，只有你说的"凄切的孤单"，倒是我们人类从生到死味觉得到的唯一的一道实味。就是京沪报章上，为了金钱或者想建筑自家的名誉的缘故，在那里含了敌意，做文章攻击你的人，我仔细替他们一想，觉得他们也在感着这凄切的孤独。唯其感到孤独，所以他们只好做些文章来卖一点金钱，或者竟牺牲了你来博一点小小的名誉，毕竟他们还是人，还是我们的同类，这"孤单"的感觉，终究是逃不了的，所以他们的文章里最含恶意，攻击你最甚的处所，便是他们的孤独感表现得最切的地方。名利的争夺，欲牺牲他人而建立自己的恶心——简单点说，就说生存竞争吧——依我看来，都是由这"孤单"的感觉催发出来的。人生的实际，既不外乎这"孤单"的感觉，那么表现人生的艺术，当然也不外乎此，因此我近来对于艺术的意见和评价，都和从前不同了。我觉得艺术并没有十分可以推崇的地方，她和人生的一切，也没有什么特异有区别的地方。努力于艺术，献身于艺术，也不须有特别的表现。牢牢捉住了这"孤单"

的感觉，细细地玩味，由他写成诗歌小说也好，制成音乐美术品也好，或者竟不写在纸上，不画在布上壁上，不雕在白石上，不奏在乐器上，什么也不表现出来，只教他能够细细的玩味这"孤单"的感觉，便是绝好的"创造"。

仿吾！这一段无聊的废话，你看对不对？我在写这封信之先，刚从一位朋友处的宴会回来，席上遇见了许多在日本和你同科的自然科学家。他们都已经成了富者，现在是资本家了。我夹在这些衣狐裘者的老同学中间，当然觉得十分的孤独，然而看看他们挟了皮箧，奔走不宁的行动，好像他们也有些在觉得人生的孤寂的样子。我前边不是说过了么？唯其感到孤寂，所以要席不遑暖的去追求名利。然而究竟我不是他们，所以我这主观的推测，也许是错了的。

我现在因为抱有这一种感想，所以什么东西也写不下来，什么东西也不愿意拿来阅读。有时候要想玩味这"凄切的孤单"，在日斜的午后，老跑出城外去独步。这里城外多是黄沙的田野，有几处也有清溪断壁，绝似日本郊外未开辟之先的代代木新宿等处。不过这里一堆一堆的黄土小冢，和有钱的人家的白杨松树的坟茔很多，感视少微与日本不同一点。今晚在宴会的席上，在许多鸿儒谈笑的中间，我胸中的感觉，同在这样的白杨衰草的坟地里漫步时一样。

不过有一点我觉得比从前进步了；从前我和境遇比我美满的朋友——实际上除你们几个人之外，哪一个境遇比我不美满？——相处，老要起一种感伤，有时竟会滴下泪来。现在非但眼泪不会滴下来，并且也能如他们一样的举起箸来取菜，提起杯来喝酒。不过从前的那一种喜欢谈话的冲动，现在没有了。他们入座，我也就座，他们吃菜，我也吃菜。劝我喝酒，我就喝，干杯就干杯。席散了，我就回来。雇车雇不着，就慢慢的在黄昏的街道上走。同席者的汽车马车，从我身边过去的时候，他们从车中和我点头，我也回点一头。他们不点头，我也让他们的车子过去，横竖是在后头跟走几步，他们的车子就可以老远的上我前头去的，所以无避入岔路上去的必要。还有一点和从前不同的地方，就是我默默的坐在那里，他们来要求我猜拳的时候，我总笑笑，摇摇头，举起杯来喝一杯酒，教他们去要求坐在我下面的一个人猜。近来喝酒也喝不大醉，醉了也不过默默的走回家来坐坐，吸吸烟，倒点茶喝喝。

今晚的宴会，散得很早，我回家来吸吸烟喝喝茶，觉得还睡不着，所以又拿出了周报的《歧路》来看。沫若！大卫生的诗，实在是做得不坏，不过你的几行诗，我也很喜欢念。你的小孩的那个两脚没有的洋囝，我说还是包包好，寄到日本去吧！回头他们去买一个新的时候，怕又要破费几角钱哩。

昨天一个朋友来说他读到《歧路》，真的眼泪出了。我劝他小心些，这句话不要说出来教人家听见，恐怕有人要说他的眼泪不值钱。他说近来他也感染了一种感伤病，不晓得怎么的，感情好像回返小孩子时代去了。说到这里，他忽而眼圈又红了起来，叫了我一声："达夫！我……我可惜没有钱……"我也对他呆看了半晌，后来他一句话也不说，立起身来就走，我也默默的送他出门去了。（这样的朋友，上我这里来的很多。他们近来知道了我的脾气，来的时候，艺术也不谈了，我的几篇无聊的作品和周报季刊的事情也不提起了。有几次我们真有主客两人相对，默默而过半点钟的时候。像这样的pause的中间，我觉得我的精神上最感得满足。因为有客人在前头，我一时可以不被那一种独坐时常想出来的无聊的空虚思想所侵蚀，而一边这来客又不在言语，我的听取对话和预备回答的那些麻烦注意可以省去。）不过，沫若！我说你那一篇《歧路》写得很可惜，你若不写出来，你至少可以在那一种浓厚的孤独感里浸润好几天。现在写出了之后，我怕你的那一种"凄切的孤单"之感，要减少了吧？

仿吾！我说你还是保守着独身主义，不要想结婚的好！恐怕你若结了婚，一时要失掉你的这孤独之感。而这孤独之感，依我说来，便是艺术的酵素，或者竟可以说是艺术的本身。所以你若结了婚，怕一时要与艺术违离。讲到这里我怕你要反问我"那么你们呢？你和沫若呢？"是的，我和沫若是一时与艺术离异过的，不过现在我们已经恢复了原来的孤独罢了……

嗳！嗳！不知不觉，已经写到午前三点钟了。

仿吾！沫若！要想写的话，是写不完的，我迟早还是弄几个车钱到上海来一次吧！大约我在北京打算只住到六月，暑假以后，我怎么也要设法回浙江去实行我的乡居的宿愿。若在最近的时期中弄不到车钱，不能够到上海来，那么我们等六月里再见吧！

一九二三年①，三月七日午前三时

---

① 据作品内容，写作时间应为1924年3月7日。

送仿吾的行

夜深了，屋外的蛙声，蚯蚓声，及其他的杂虫的鸣声，也可以说是如雨，也可以说是如雷。几日来的日光骤雨，把庭前的树叶，催成作青葱的广幕，从这幕的破处，透过来的一盏两盏的远处大道上的灯光，煞是凄凉，煞是悲寂。你要晓得，这是首夏的后半夜，我们只有两个人，在高楼的回廊上默坐，又兼以一个是飘零在客，一个是门外天涯，明朝晨鸡一唱，仿吾就要过江到汉口去上轮船去的。

天上的星光缭乱，月亮早已下山去了。微风吹动帘衣，幽幽的一响，也大可竖人毛发。夜归的瞎子，在这一个时候，还在街上，拉着胡琴，向东慢慢走去。啊啊，瞎子！你所求的，究竟是什么东西，为的是什么呀？

瞎子过去了，胡琴声也听不出来了，蛙声蚯蚓声杂虫声，依旧在百音杂奏；我觉得这沉默太压人难受了，就鼓着勇气，叫了一声：

"仿吾！"

这一声叫出之后，自家也觉得自家的声气太大，底下又不敢继续下去。两人又默默地坐了几分钟。

顽固的仿吾，你想他讲出一句话来，来打破这静默的妖围，是办不到的。但是这半夜中间，我又讲话讲得太多了，若再讲下去，恐怕又要犯起感伤病来。人到了三十，还是长吁短叹，哭己怜人，是没出息的人干的事情；我也想做一个强者，这一回却要硬它一硬，怎么也不愿意再说话。

亭铜，亭铜，前边山脚下女尼庵的钟磬声响了，接着又是比丘尼诵《法华经》的声音，木鱼的声音。

"那是什么？"

仍复是仿吾一流的无文采的问语。

"那是尼姑庵，尼姑念经的声音。"

"倒有趣得很。"

"还有一个小尼姑哩！"

"有趣得很！"

"若在两三年前，怕又要做一篇极浓艳的小说来做个纪念了。"

"为什么不做哩?"

"老了,不行了,感情没有了!"

"不行!不行!要是这样,月刊还能办么?"

"那又是一个问题。"

"看沫若,他才是真正的战斗员!"

"上得场去,当然还可以百步穿杨。"

"不行,这未老先衰的话!"

"还不老么?有了老婆,有了儿子。亲戚朋友,一天一天的少下去。走遍天涯,到头来还是一个无聊赖!"

仿吾兀的不响了,我不觉得讲得太过分了。以年纪而论,仿吾还比我大。可怜的赋性愚直的这仿吾,到如今还是一个童男。去年他哥哥客死在广东。千里长途,搬丧回籍,一直弄到现在,他才能出来。一家老的老,小的小,侄儿侄女,十多个人,责任全负在他的肩上。而现在,我们因为想重把"创造"兴起,叫他丢去了一切,来干这前途渺茫的创造社出版部的大事业。不怕你是一块石,不怕你是一个鱼,当这样的微温的晚上,在这样的高危的楼上,看看前后左右,想想过去未来,叫他怎么能够坦然无介于怀?怎么能够不黯然泪落呢。

朋友的中间,想起来,实在是我最利己。无论如何的吃苦，无论如何的受气，总之在创造社根基未定之先，是不该一个人独善其身的跑上北方去的。有不得已的事故，或者有可托生命的事业可干的时候，还不要去管它；实际上盲人瞎马，渡过黄河，渡过扬子江后，所得到的结果，还不过是一个无聊。京华旅食，叩了富儿的门，一双白眼，一列白牙，是我的酬报。现在想起来，若要受一点人家的嘲笑，轻侮，虐待，那么到处都可以找得到，断没有跑几千里路的必要。像田舍诗人彭思一流的粗骨，理应在乡下草舍里和黄脸婆娘蒋恩谈谈百年以后的空想，做两句乡人乐诵的歌诗，预备一块墓地，两块石碑，好好儿的等待老死才对。爱丁堡有什么？那些老爷太太小姐们，不过想玩玩乡下初出来的猴子而已，她们哪里晓得什么是诗？听说诗人的头盖骨，左边是突起的，她们想看看看。听说诗人的心有七个窟窿，她们想数数看。大都会！首善之区！我和乡下的许多盲目的青年一样，受了这几个好听的名字的骗，终于离开了情逾骨肉的朋友，离开了值得拼命的事业，骑驴走马，积了满身尘土，在北方污浊的人海里，游泳了两三年。往日的亲朋星散，创造社成绩空空，只今又天涯沦落，偶尔在屈贾英灵的近地，机缘凑巧，和老友忽漫相逢，在高楼上空谈了半夜雄天，坐席未温，而明朝又早是江陵千里，不得不南浦送行，我为的是什么？我究在这里干什么呢？

我的确有点伤感起来了。栏外的杜鹃，又只是"不如归去，不如归去"的在那里乱叫。

"仿吾，你还不睡么？"

"再坐一会!"

我不能耐了，就不再说话，一个人进房里去睡了觉。仿吾一个人，在回廊上究竟坐到了什么时候才睡？他一个人坐在那深夜黑暗的回廊上，究竟想了些什么？这些事情，大约只有他一个人知道。第二天早晨，天还未亮的时候，他站在我的帐外，轻轻的叫我说：

"达夫！你不要起来，我走了。"

一九二五年五月二十三日招商公司的下水船，的确是午前六点钟起锚的。

一九二五年五月在武昌作

记耀春之殇

只教是一个动物，既然生了下来，不过迟早几年或几十年，死总免不了的。中国人的俗语，很彻底的在说，先注死后注生。英文中的一个不能免于死亡的形容词，大家在当作人字解，叫Mortal。

这一种谛观，这一种死的哲学的解释，当然谁也明白，我也晓得；但是对于死之伤痛，尤其是对于一个与己身有关的肉亲的死之伤痛，可终也不能学作太上的忘情。从前的圣贤，为悼爱子之丧，尚且哭至失明，我生原不肖，我又哪得不哭？

幼子耀春，生下来刚只两整年；是我们逃出上海，迁住杭州之后的那一年旧历五月十八日生的。搬家的时候，霞就有点害怕，怕于忙乱之中，要先期早产。用了种种的苦心，费了种种的周折，总算把家搬定了，胎也安下了，我们在灯下闲谈，就说及这一个未来的生命的命名。长子飞，次子云，是从岳家军里抄来的名字；同时《三国志》里，也有飞、云的两位健将。那时候我们只希望有一位乖巧的女孩儿来娱老境，所以我首先就提议，生下来若是女孩，当叫她作银瓶，借以凑成大小眼将军一门忠孝节义的全套。而霞又说："若是男孩呢，可以叫他作亮；有了猛将，自然也少不得谋臣，历史上的智谋奇略之士，我只佩服那位鞠躬尽瘁，死而后已的诸葛武侯。"

他的生日，是一般民间所崇奉的元帅菩萨的生日，元帅菩萨的前身，当然是唐时的张睢阳巡。现在桐庐的桐君山上，还有一尊张睢阳的塑像塑在那里，百姓祀之唯谨，说这一位菩萨，有绝大的灵感。生下来之后，我也曾想到了那个巡字，但后来却终于被霞说服了，就叫他作亮；小名的耀春，系由阳春，殿春二位哥哥的名字而来的称谓；既名曰亮，自然有光，故而称耀，写作曜字，亦自可通。

他的先天是很足的；生下来时的肥硕，虽没有过过磅，可是据助产妇说来，在杭州城里，产儿的身体，肥得这样的，却很少见。三朝之后，就为雇乳母的事情，闹成了满城的风雨。原因是为了他的食量之大，应雇而来的将近百数个的乳母，每人都不够他的一天之食。好容易上诸暨去找了一个人来，奶总算够吃；但吃满周岁，她的奶也终于干涸，结果就促生了他去年夏季的奶疳之病。

去年天热，我和霞和飞，都去青岛住了月余；后来由青岛而之北平，由北平而去北戴河，一住再住，有两个多月不在家里。后来航空信来了，电报来了，都说耀春的病重，催我们马上回家，我们在赶回来的路上，一夕数惊，每从睡梦里骇醒过来，以为这一个末子终于无更生之望了，但后经同学钱潮医生的几次诊治，他的疳病竟霍然若失，到了秋天，又回复了平时肥白的状态。

经过了这一次的大病，大家总以为他是该有命的，以后总是很好养了；殊不知今年春天，又出了慢性中耳炎的恶疾，这一回又因伤风而成肺炎，最后才变成了结核性脑膜炎的绝症。卧病不上半月，竟在五月二十日（阴历四月十八，去年有闰月，距他生日，刚满廿四个月）的晚上去世了。

他的这一回的生病，异常的乖，不哭不闹，终日只是昏昏地睡着。经钱医生验了血液，抽了脊髓以后，决定了他的万无生望，我们才借了一辆车，送他回了富阳的原籍。

墓碑葬具以及坟地等预备好之后，将他移入到东门外的一家寺院中去的早晨，他的久已干枯的眼角上才开始滴了几滴眼泪。这是从他害病之日起，第一次见到的眼泪。他人虽则小，灵性想来是也有的。人之将死，总有一番痛苦与哀愁，可怜他说话都还不曾学会，而这死的痛苦，死的哀愁，却同大人一样地深深尝透了；"彼凡人之相亲，小离别而怀恋，况中殇之爱子，乃千秋而不见！"我的衷情，当然也比他自己临死时的伤痛不会得略有减处。

十年前龙儿死在北平，我没有见到他的尸身，也没有见到他的棺殓，百日之后，离开北平，还觉得泪流不止。现在他的坟土未干，我的陪病失眠的疲倦未复，每日闲坐在书斋看看中天的白日，惘惘然似乎只觉着缺少了一件东西；再切实一点的说来，似乎自己的一个头，一个中藏着脑髓，司思想运动的头颅不见了。

十年之中，两丧继体，床帷依旧，痛感人亡；一想到他的明眸丰颊，玉色和声，当然是不能学东门吴子之无忧。情之所钟，正在我辈，一到深宵人静，仰视列星，我只有一双终夜长开的眼睛而已；潘岳思子之诗，庾信伤心之赋，我做也做不出，就是做了也觉得是无益的。

一九三五年五月廿二日

怀四十岁的志摩

眼睛一眨，志摩去世，已经交五年了。在上海那一天阴晦的早晨的凶报，福煦路上遗宅里的仓皇颠倒的情形，以及其后灵柩的迎来，吊奠的开始，尸骨的争夺，和无理解的葬事的经营等情状，都还在我的目前，仿佛是今天早晨或昨天的事情。志摩落葬之后，我因为不愿意和那一位商人的老先生见面，一直到现在，还没有去墓前倾一杯酒，献一朵花；但推想起来，墓木纵不可拱，总也已经宿草盈阡了吧？志摩有灵，当能谅我这故意的疏懒！

综志摩的一生，除他在海外的几年不算外，自从中学入学起直到他的死后为止，我是他的命运的热烈的同情旁观者；当他死的时候，和许多朋友夹在一道，曾经含泪写过一篇极简略的短文，现在时间已经经过了五年，回想起来，觉得对他的余情还有许多郁蓄在我的胸中。仅仅一个空泛的友人，对他尚且如此，生前和他有更深的交谊的许多女友，伤感的程度自然可以不必说了，志摩真是一个淘气，讨爱，能使你永久不会忘怀的顽皮孩子！

称他作孩子，或者有人会说我卖老，其实我也不过是他的同年生，生日也许比他还后几日，不过他所给我的却是一个永也不会老去的新鲜活泼的孩儿的印象。

志摩生前，最为人所误解，而实际也许是催他速死的最大原因之一的一重性格，是他的那股不顾一切，带有激烈的燃烧性的热情。这热情一经激发，便不管天高地厚，人死我亡，势非至于将全宇宙都烧成赤地不可。发而为诗，就成就了他的五光十色，灿烂迷人的七宝楼台，使他的名字永留在中国的新诗史上。以之处世，毛病就出来了；他的对人对物的一身热恋，就使他失欢于父母，得罪于社会，甚而至于还不得不遗诟于死后。他和小曼的一段浓情，在他的诗里，日记里，书简里，随处都可以看得出来；若在进步的社会里，有理解的社会里，这一种事情，岂不是千古的美谈？忠厚柔艳如小曼，热烈诚挚若志摩，遇合在一道，自然要发放火花，烧成一片了，哪里还顾得到纲常伦教？更哪里还顾得到宗法家风？当这事情正在北京的交际社会里成话柄的时候，我就佩服志摩的纯真与小曼的勇敢，到了无以复加的程度。记得有一次在来今雨轩吃饭的席上，曾有人问起我以对这事的意见，我就学了《三剑客》影片里的一句话回答他："假使我马上要死的话，在我死的前头，我就只想做一篇伟大的史诗，来颂美志摩和小曼。"

情热的人，当然是不能取悦于社会，周旋于家室，更或至于不善用这热情的；志摩在死的前几年的那一种穷状，那一种变迁，其罪不在小曼，不在小曼以外的他的许多男女友人，当然更不在志摩自身；实在是我们的社会，尤其是那一种借名教作商品的商人根性，因不理解他的缘故，终至于活生生的逼死了他。

志摩的死，原觉得可惜的很；人生的三四十前后——他死的时候是三十六岁——正是壮盛到绝顶的黄金时代。他若不死，到现在为止，五六年间，大约我们又可以多读到许多诗样的散文，诗样的小说，以及那一部未了的他的杰作——《诗人的一生》；可是一面，正因他的突然的死去，倒使这一部未完的杰作，更加多了深厚的回味之处却也是真的。所以在他去世的当时，就有人说，志摩死得恰好，因为诗人和美人一样，老了就不值钱了。况且他的这一种死法，又和罢伦①，奢来的死法一样，确是最适合他身分的死。若把这话拿来作自慰之辞，原也有几分真理含着，我却终觉得不是如此的；志摩原可以活下去，那一件事故的发生，虽说是偶然的结果，但我们若一追究他的所以不得不遭逢这惨事的原因，那我在前面说过的一句话，"是无理解的社会逼死了他"，就成立了。我们所处的社会，真是一个如何狭量，险恶，无情的社会！不是身处其境，身受其毒的人，是无从知道的。

过去的事情，已经过去了；我们在志摩的死后，再来替他打抱不平，也是徒劳的事情。所以这次当志摩四十岁的诞辰，我想最好还是做一点实际的工作来纪念他，较为适当；小曼已经有编纂他的全集的意思了，这原是纪念志摩的办法之一，此外像志摩文学奖金的设定，和他有关的公共机关里纪念碑胸像的建立，志摩图书馆的发起，以及志摩传记的编撰等等，也是都可以由我们后死的友人，来做的工作。可恨的是时势的混乱，当这一个国难的关头，要来提倡尊重诗人，是违背事理的；更可恨的是世情的浇薄，现在有些活着的友人，一旦钻营得了大位，尚且要排

---

① 今通译为拜伦（1788—1824），英国十九世纪浪漫主义诗人，代表作有《唐璜》。

挤诋毁，诬陷压迫我们这些无权无势的文人，对于死者那更加可以不必说了。"侬今葬花人笑痴，他年葬侬知是谁?"悼吊志摩，或者也就是变相的自悼吧!

回忆鲁迅

序　言

　　鲁迅作古的时候，我正漂流在福建。那一天晚上，刚在南台一家饭馆里吃晚饭，同席的有一位日本的新闻记者，一见面就问我，鲁迅逝世的电报，接到了没有？我听了，虽则大吃了一惊，但总以为是同盟社造的谣。因为不久之前，我曾在上海会过他，我们还约好于秋天同去日本看红叶的。后来虽也听到他的病，但平时晓得他老有因为落夜而致伤风的习惯，所以，总觉得这消息是不可靠的误传。因为得了这一个消息之故，那一天晚上，不待终席，我就走了。同时，在那一夜里，福建报上，有一篇演讲稿子，也有改正的必要，所以从南台走回城里的时候，我就直上了报馆。

晚上十点以后，正是报馆里最忙的时候，我一到报馆，与一位负责的编辑，只讲了几句话，就有位专编国内时事的记者，拿了中央社的电稿，来给我看了；电文却与那一位日本记者所说的一样，说是"著作家鲁迅，于昨晚在沪病故"了。

我于惊愕之余，就在那一张破稿纸上，写了几句电文："上海申报转许景宋女士：骤闻鲁迅噩耗，未敢置信，万请节哀，余事面谈。"第二天的早晨，我就踏上了三北公司的靖安轮船，奔回到了上海。

鲁迅的葬事，实在是中国文学史上空前的一座纪念碑，他的葬仪，也可以说是民众对日人的一种示威运动。工人，学生，妇女团体，以前鲁迅生前的知友亲戚，和读他的著作，受他的感化的不相识的男男女女，参加行列的，总有一万人以上。

当时，中国各地的民众正在热叫着对日开战，上海的知识分子，尤其是孙夫人蔡先生等旧日自由大同盟的诸位先进，提倡得更加激烈，而鲁迅适当这一个时候去世了，他平时，也是主张对日抗战的，所以民众对于鲁迅的死，就拿来当作了一个非抗战不可的象征；换句话说，就是在把鲁迅的死，看作了日本侵略中国的具体事件之一。在这个时候，在这一种情绪下的全国民众，对鲁迅的哀悼之情，自然可以不言而喻了；所以当时全国所出的刊物，无论哪一种定期或不定期的印刷品上，都充满了哀吊鲁迅的文字。

但我却偏有一种爱冷不感热的特别脾气，以为鲁迅的崇拜者，友人，同事，既有了这许多追悼他的文字与著作，那我这一个渺乎其小的同时代者，正可以不必马上就去铺张些我与鲁迅的关系。在这一个热闹关头，我就是写十万百万字的哀悼鲁迅的文章，于鲁迅之大，原是不能再加上以毫末，而于我自己之小，反更足以多一个证明。因此，我只在《文学》月刊上，写了几句哀悼的话，此外就一字也不提，一直沉默到了现在。

现在哩！鲁迅的全集，已经出版了；而全国民众，正在一个绝大的危难底下抖擞。在这伟大的民族受难期间，大家似乎对鲁迅个人的伤悼情绪，减少了些了，我却想来利用余闲，写一点关于鲁迅的回忆。若有人因看了这回忆之故，而去多读一次鲁迅的集子，那就是我对于故人的报答，也就是我所以要写这些断片的本望。

廿七年八月十四日在汉寿

和鲁迅第一次的相见，不知是在哪一年哪一日——我对于时日地点，以及人的姓名之类的记忆力，异常的薄弱，人非要遇见至五六次以上，才能将一个人的名氏和一个人的面貌连合起来，记在心里——但地方却记得是在北平西城的砖塔儿胡同一间坐南朝北的小四合房子里。因为记得那一天天气很阴沉，所以一定是在我去北平，入北京大学教书的那一年冬天，时间仿佛是在下午的三四点钟。若说起那一年的大事情来，却又有史可稽了，就是曹锟贿选成功，做大总统的那一个冬天。

　　去看鲁迅，也不知是为了什么事情。他住的那一间房子，我却记得很清楚，是在那两座砖塔的东北面，正当胡同正中的地方，一个三四丈宽的小院子，院子里长着三四株枣树。大门朝北，而住屋——三间上房——却朝正南，是杭州人所说的倒骑龙式的房子。

　　那时候，鲁迅还在教育部里当佥事，同时也在北京大学里教小说史略。我们谈的话，已经记不起来了，但只记得谈了些北大的教员中间的闲话，和学生的习气之类。

　　他的脸色很青，胡子是那时候已经有了；衣服穿得很单薄，而身材又矮小，所以看起来像是一个和他的年龄不大相称的样子。

　　他的绍兴口音，比一般绍兴人所发的来得柔和，笑声非常之清脆，而笑时眼角上的几条小皱纹，却很是可爱。

房间里的陈设，简单得很；散置在桌上，书橱上的书籍，也并不多，但却十分的整洁。桌上没有洋墨水和钢笔，只有一方砚瓦，上面盖着一个红木的盖子。笔筒是没有的，水池却像一个小古董，大约是从头发胡同的小市上买来的无疑。

他送我出门的时候，天色已经晚了，北风吹得很大；门口临别的时候，他不晓说了一句什么笑话，我记得一个人在走回寓舍来的路上，因回忆着他的那一句，满面还带着了笑容。

同一个来访我的学生，谈起了鲁迅。他说："鲁迅虽在冬天，也不穿棉裤，是抑制性欲的意思。他和他的旧式的夫人是不要好的。"因此，我就想起了那天去访问他时，来开门的那一位清秀的中年妇人。她人亦矮小，缠足梳头，完全是一个典型的绍兴太太。

数年前，鲁迅在上海，我和映霞去北戴河避暑回到了北平的时候，映霞曾因好奇之故，硬逼我上鲁迅自己造的那一所西城象鼻胡同后面西三条的小房子里，去看过这中年的妇人。她现在还和鲁迅的老母住在那里，但不知她们在强暴的邻人管制下的生活也过得惯不？

那时候，我住在阜城门内巡捕厅胡同的老宅里。时常来往的，是住在东城禄米仓的张凤举，徐耀辰两位，以及沈尹默，沈兼士，沈士远的三昆仲；不时也常和周作人氏，钱玄同氏，胡适之氏，马幼渔氏等相遇，或在北大的休息室里，或在公共宴会的席上。这些同事们，都是鲁迅的崇拜者，而对于鲁迅的古怪脾气，都当作一件似乎是历史上的轶事在谈论。

在我与鲁迅相见不久之后，周氏兄弟反目的消息，从禄米仓的张、徐二位那里听到了。原因很复杂，而旁人终于也不明白是究竟为了什么。但终鲁迅的一生，他与周作人氏，竟没有和解的机会。

本来，鲁迅与周作人氏哥儿俩，是住在八道湾的那一所大房子里的。这一所大房子，系鲁迅在几年前，将他们绍兴的祖屋卖了，与周作人在八道湾买的；买了之后，加以修缮，他们弟兄和老太太就统在那里住了。俄国的那位盲诗人爱罗先珂寄住的，也就是这一所八道湾的房子。

后来鲁迅和周作人氏闹了，所以他就搬了出来，所住的，大约就是砖塔胡同的那一间小四合了。所以，我见到他的时候，正在他们的口角之后不久的期间。

据凤举他们判断，以为他们弟兄间的不睦，完全是两人的误解。周作人氏的那位日本夫人，甚至说鲁迅对她有失敬之处。但鲁迅有时候对我说："我对启明，总老规劝他的，教他用钱应该节省一点。我们不得不想想将来，但他对于经济，总是进一个花一个的，尤其是他那一位夫人。"从这些地方，汇合起来，大约他们反目的真因，也可以猜度到一二成了。不过凡是认识鲁迅，认识启明及他的夫人的人，都晓得他们三个人，完全是好人；鲁迅虽则也痛骂过正人君子，但据我所知的他们三人来说，则只有他们才是真正的正人君子。现在颇有些人，说周作人已作了汉奸，但我却始终仍是怀疑。所以，全国文艺作者协会致周作人的那一封公开信，最后的决定，也是由我改削过的；我总以为周作人先生，与那些甘心卖国的人，是不能作一样的看法的。

这时候的教育部，薪水只发到二成三成，公事是大家不办的，所以，鲁迅很有工夫教书，编讲义，写文章。他的短文，大抵是由孙伏园氏拿去，在《晨报副刊》上发表；教书是除北大外，还兼任着师大。

有一次，在鲁迅那里闲坐，接到了一个来催开会的通知，我问他忙么？他说，忙倒也不忙，但是同唱戏的一样，每天总得到处去扮一扮。上讲台的时候，就得扮教授，到教育部去也非得扮官不可。

他说虽则这样的说，但做到无论什么事情时，却总肯负完全的责任。

至于说到唱戏呢，在北平虽则住了那么久，可是他终于没有爱听京戏的癖性。他对于唱戏听戏的经验，始终只限于绍兴的社戏，高腔，乱弹，目连戏等，最多也只听到了徽班。阿Q所唱的那句"手执钢鞭将你打"，就是乱弹班《龙虎斗》里的句子，是赵玄坛唱的。

对于目连戏，他却有特别的嗜好，他有好几次同我说，这戏里的穿插，实在有许许多多的幽默味。他曾经举出不少的实例，说到一个借了鞋袜靴子去赴宴会的人，到了人来向他索还，只剩一件大衫在身上的时候，这一位老兄就装作肚皮痛，以两手按着腹部，口叫着我肚皮痛杀哉，将身体伏矮了些，于是长衫就盖到了脚部以遮掩过去的一段，他还照样的做出来给我们看过。说这一段话时，我记得《月夜》的著者，川岛兄也在座上，我们曾经大笑过的。

后来在上海，我有一次谈到了予倩、田汉诸君想改良京剧，来作宣传的话，他根本就不赞成。并且很幽默的说，以京剧来宣传救国，那就是"我们救国啊啊啊啊了，这行么？"

孙伏园氏在晨报社，为了鲁迅的一篇挖苦人的恋爱的诗，与刘勉己氏闹反了脸。鲁迅的学生李小峰就与伏园联合起来，出了《语丝》。投稿者除上述的诸位之外，还有林语堂氏，在国外的刘半农氏，以及徐旭生氏等。但是周氏兄弟，却是《语丝》的中心。而每次语丝社中人叙会吃饭的时候，鲁迅总不出席，因为不愿与周作人氏遇到的缘故。因此，在这一两年中，鲁迅在社交界，始终没有露一露脸。无论什么人请客，他总不肯出席，他自己哩，除了和一二人去小吃之外，也绝对的不大规模（或正式）的请客。这脾气，直到他去厦门大学以后，才稍稍改变了些。

鲁迅的对于后进的提拔，可以说是无微不至。《语丝》发刊以后，有些新人的稿子，差不多都是鲁迅推荐的。他对于高长虹他们的一集团，对于沉钟社的几位，对于未名社的诸子，都一例地在为说项。就是对于沈从文氏，虽则已有人在孙伏园去后的《晨报副刊》上在替吹嘘了，他也时时提到，唯恐诸编辑的埋没了他。还有当时在北大念书的王品青氏，也是他所属望的青年之一。

鲁迅和景宋女士（许广平）的认识，是当他在北京（那时北平还叫做北京）女师大教书的中间，前后经过，《两地书》里已经记载得很详细，此地可以不必说。但他和许女士的进一步的接近，是在"三一八"惨案之前，章士钊做教育总长，使刘百昭去用了老妈子军以暴力解散女师大的时候。

鲁迅是向来喜欢打抱不平的，看了章士钊的横行不法，又兼自己还是这学校的讲师，所以，当教育部下令解散女师大的时候，他就和许季茀，沈兼士，马幼渔等一道起来反对。当时的鲁迅，还是教育部的佥事，故而总长的章士钊也就下令将他撤职。为此，他一面向行政院控告章士钊，提起行政诉讼，一面就在《语丝》上攻击《现代评论》的为虎作伥，尤以对陈源（通伯）教授为最烈。

《现代评论》的一批干部，都是英国留学生；而其中像周鲠生，皮宗石，王世杰等，却是两湖人。他们和章士钊，在同到过英国的一点上，在同是湖南人的一点上，都不得不帮教育部的忙。鲁迅因而攻击绅士态度，攻击《现代评论》的受贿赂，这一时候他的杂文，怕是他一生之中，最含热意的妙笔。在这一个压迫和反抗，正义和暴力的争斗之中，他与许广平便有了更进一步的认识机会。

在这前后，我和他见面的次数并不多，因为我已经离开了北平，上武昌师范大学文科去教书了，可是这一年（民十三？）暑假回北京，看见他的时候，他正在做控告章士钊的状子，而女师大为校长杨荫榆的问题，也正是闹得最厉害的期间。当他告诉我完了这事情的经过之后，他仍旧不改他的幽默态度说：

"人家说我在打落水狗，但我却以为在打枪伤老虎，在扮演周处或武松。"

这句话真说得我高笑了起来。可是他和景宋女士的认识，以及有什么来往，我却还一点儿也不曾晓得。

直到两年（？）之后，他因和林文庆博士闹意见，从厦门大学回上海的那一年暑假，我上旅馆去看他，谈到了中午，就约他及景宋女士与在座的许钦文去吃饭。在吃完饭后，茶房端上咖啡来时，鲁迅却很热情地向正在搅咖啡杯的许女士看了一眼，又用告诫亲属似的热情的口气，对许女士说：

"密斯许，你胃不行，咖啡还是不吃的好，吃些生果吧!"

在这一个极微细的告诫里，我才第一次看出了他和许女士中间的爱情。

从此以后，鲁迅就在上海住下了，是在闸北去窦乐安路不远的景云里内一所三楼朝南的洋式弄堂房子里。他住二层的前楼，许女士是住在三楼的。他们两人间的关系，外人还是一点儿也没有晓得。

有一次，林语堂——当时他住在愚园路，和我静安寺路的寓居很近——和我去看鲁迅，谈了半天出来，林语堂忽然问我：

"鲁迅和许女士，究竟是怎么回事，有没有什么关系的?"

我只笑着摇摇头，回问他说：

"你和他们在厦大同过这么久的事，难道还不晓得么？我可真看不出什么来。"

说起林语堂，实在是一位天性纯厚的真正英美式的绅士，他决不疑心人有意说出的不关紧要的谎。我只举一个例出来，就可以看出他的本性。当他在美国向他的夫人求爱的时候，他第一次捧呈了她一册克莱克夫人著的小说《模范绅士约翰哈里法克斯》；但第二次他忘记了，又捧呈了她以这册 *John Halifax Gentleman*。这是林夫人亲口对我说的话，当然是不会错的。从这一点上看来，就可以看出语堂真是如何地忠厚老实的一位模范绅士。他的提倡幽默，挖苦绅士态度，我们都在说，这些都是从他的 Inferiority Complex（不及错觉）心理出发的。

语堂自从那一回经我说过鲁迅和许女士中间大约并没有什么关系之后，一直到海婴（鲁迅的儿子）将要生下来的时候，才兹恍然大悟。我对他说破了，他满脸泛着好好先生的微笑说：

"你这个人真坏！"

鲁迅的烟瘾，一向是很大的；在北京的时候，他吸的，总是哈德门牌的十支装包。当他在人前吸烟的时候，他总探手进他那件灰布棉袍的袋里去摸出一支来吸；他似乎不喜欢将烟包先拿出来，然后再从烟包里抽出一支，而再将烟包塞回袋里去。他这脾气，一直到了上海，仍没有改过，不晓是为了怕麻烦的原因呢，抑或为了怕人家看见他所吸的烟，是什么牌？

他对于烟酒等刺激品，一向是不十分讲究的；对于酒，他是同烟一样。他的量虽则并不大，但却老爱喝一点。在北平的时候，我曾和他在东安市场的一家小羊肉铺里喝过白干；到了上海之后，所喝的，大抵是黄酒了。但五加皮，白玫瑰，他也喝，啤酒，白兰地他也喝，不过总喝得不多。

爱护他，关心他的健康无微不至的景宋女士，有一次问我："周先生平常喜欢喝一点酒，还是给他喝什么酒好？"我当然答以黄酒第一。但景宋女士却说，他喝黄酒时，老要量喝得很多，所以近来她在给他喝五加皮。并且说，因为五加皮酒性太烈，她所以老把瓶塞在平时拔开，好教消散一点酒气，变得淡些。

在这些地方，本可看出景宋女士的一心为鲁迅牺牲的伟大精神来，仔细一想，真要教人感激得下眼泪的，但我当时却笑了，笑她的太没有对于酒的知识。当然她原也晓得酒精成分多少的科学常识，可是爱人爱得过分时，常识也往往会被热挚的真情掩蔽下去。我于讲完了量与质的问题，讲完了酒精成分的比较问题之后，就劝她，以后，顶好是给周先生以好的陈黄酒喝，否则还是喝啤酒。

这一段谈话后不久，忽而有一天，鲁迅送了我两瓶十多年陈的绍兴黄酒，说是一位绍兴同乡，带出来送他的。我这才放了心，相信以后他总不再喝五加皮等烈酒了。

我的记忆力很差，尤其是对于时日及名姓等的记忆。有些朋友，当见面时却混得很熟，但竟有一年半载以上，不晓得他的名姓的，因为混熟了，又不好再请教尊姓大名的缘故。像这一种习惯，我想一般人也许都有，可是，在我觉得特别的厉害。而鲁迅呢，却很奇怪，他对于遇见过一次，或和他在文字上有点纠葛过的人，都记得很详细，很永固。

所以，我在前段说起过的，鲁迅到上海的时日，照理应该在十八年的春夏之交；因为他于离开厦门大学之后，是曾上广州中山大学去住过一年的；他的重回上海，是在因和顾颉刚起了冲突，脱离中山大学之后；并且因恐受当局的压迫拘捕，其后亦曾在广州闲住了半年以上的时间。

他对于辞去中山大学教职之后，在广州闲住的半年那一节事情，也解释得非常有趣。他说：

"在这半年中，我譬如是一只雄鸡，在和对方呆斗。这呆斗的方式，并不是两边就咬起来，却是振冠击羽，保持着一段相当距离的对视。因为对方的假君子，背后是有政治力量的，你若一经示弱，对方就会用无论哪一种卑鄙的手段，来加你以压迫。

"因而有一次，大学里来请我讲演，伪君子正在庆幸机会到了，可以罗织成罪我的证据。但我却不忙不迫的讲了些魏晋人的风度之类，而对于时局和政治，一个字也不曾提起。"

在广州闲住了半年之后，对方的注意力有点松懈了，就是对方的雄鸡，坚忍力有点不能支持了；他就迅速地整理行囊，乘其不备，而离开了广州。

人虽则离开了，但对于代表恶势力而和他反对的人，他却始终不会忘记。所以，他的文章里，无论在哪一篇，只教用得上去的话，他总不肯放松一着，老会把这代表恶势力的敌人押解出来示众。

对于这一点，我也曾再三的劝他过，劝他不要上当。因为有许多无理取闹，来攻击他的人，都想利用了他来成名。实际上，这一个文坛登龙术，是屡试屡验的法门；过去曾经有不少的青年，因攻击鲁迅而成了名的。但他的解释，却很彻底。他说：

"他们的目的，我当然明了。但我的反攻，却有两种意思。第一，是正可以因此而成全了他们；第二，是也因了他们，而真理愈得阐发。他们的成名，是烟火似的一时的现象，但真理却是永久的。"

他在上海住下之后，这些攻击他的青年，愈来愈多了。最初，是高长虹等，其次是太阳社的钱杏邨等，后来则有创造社的叶灵凤等。他对于这些人的攻击，都三倍四倍地给予了反攻，他的杂文的光辉，也正因了这些不断的搏斗而增加了熟练与光辉。他的全集的十分之六七，是这种搏斗的火花，成绩俱在，在这里可以不必再说。

此外还有些并不对他攻击，而亦受了他的笔伐的人，如张若谷、曾今可等；他对于他们，在酒兴浓溢的时候，老笑着对我说：

"我对他们也并没有什么仇。但因为他们是代表恶势力的缘故，所以我就做了堂·克蓄德①，而他们却做了活的

---

① 今通译为堂吉诃德，西班牙作家塞万提斯·萨维德（1547—1616）小说《堂吉诃德》中的主人公。

风车。"

关于堂·克蓄德这一名词，也是钱杏邨他们奉赠给他的。他对这名词并不嫌恶，反而是很喜欢的样子。同样在有一时候，叶灵凤引用了苏俄高尔基的画来骂他，说他是"阴阳面的老人"，他也时常笑着说："他们比得我太大了，我只恐怕承当不起。"

创造社和鲁迅的纠葛，系开始在成仿吾的一篇批评，后来一直地继续到了创造社的被封时为止。

鲁迅对创造社，虽则也时常有讥讽的言语，散发在各杂文里；但根底却并没有恶感。他到广州去之先，就有意和我们结成一条战线，来和反动势力拮抗的；这一段经过，恐怕只有我和鲁迅及景宋女士三人知道。

至于我个人与鲁迅的交谊呢，一则因系同乡，二则因所处的时代，所看的书，和所与交游的友人，都是同一类属的缘故，始终没有和他发生过冲突。

后来，创造社因被王独清挑拨离间，分成了派别，我因一时感情作用，和创造社脱离了关系，在当时，一批幼稚病的创造社同志，都受了王独清等的煽动，与太阳社联合起来攻击鲁迅，但我却始终以为他们的行动是越出了常轨，所以才和他计划出了《奔流》这一个杂志。

《奔流》的出版，并不是想和他们对抗，用意是在想介绍些真正的革命文艺的理论和作品，把那些犯幼稚病的左倾青年，稍稍纠正一点过来。

当编《奔流》的这一段时期，我以为是鲁迅的一生之中，对中国文艺影响最大的一个转变时期。

在这一年当中，鲁迅的介绍左翼文艺的正确理论的一步工作，才开始立下了系统。而他的后半生的工作的纲领，差不多全是在这一个时期里定下来的。

当时在上海负责在做秘密工作的几位同志，大抵都是在我静安寺路的寓居里进出的人；左翼作家联盟，和鲁迅的结合，实际上是我做的媒介。不过，左翼成立之后，我却并不愿意参加，原因是因为我的个性是不适合于这些工作的，我对于我自己，认识得很清，决不愿担负一个空名，而不去做实际的事务；所以，左联成立之后，我就在一月之内，对他们公然的宣布了辞职。

但是暗中站在超然的地位，为左联及各工作者的帮忙，也着实不少。除来不及营救，已被他们杀死的许多青年不计外，在龙华，在租界捕房被拘去的许多作家，或则减刑，或则拒绝引渡，或则当时释放等案件，我现在还记得起来的，当不止十件八件的少数。

鲁迅的热心于提拔青年的一件事情，是大家在说的。但他的因此而受痛苦之深刻，却外边很少有人知道。像有些先受他的提拔，而后来却用攻击的方法以成自己的名的事情，还是彰明显著的事实，而另外还有些"挑了一担同情来到鲁迅那里，强迫他出很高的代价"的故事，外边的人，却大抵都不晓得了。在这里，我只举一个例：

　　在广州的时候，有一位青年的学生，因平时被鲁迅所感化而跟他到了上海。到了上海之后，鲁迅当然也收留他一道住在景云里那一所三层楼的弄堂房子里。但这一位青年，误解了鲁迅的意思，以为他没有儿子——当时海婴还没有生——所以收留自己和他住下，大约总是想把自己当作他的儿子的意思。后来，他又去找了一位女朋友来同住，意思是为鲁迅当儿媳妇的。可是，两人坐食在鲁迅的家里，零用衣饰之类，鲁迅当然是供给不了的；于是这一位自定的鲁迅的子嗣，就发生了很大的不满，要求鲁迅，一定要为他谋一出路。

　　鲁迅没法子，就来找我，教我为这青年去谋一职业，如报馆校对，书局伙计之类；假使是真的找不到职业，那么亦必须请一家书店或报馆在名义上用他做事，而每月的薪水三四十元，当由鲁迅自己拿出，由我转交给这书局或报馆，作为月薪来发给。

这事我向当时的现代书局说了，已经说定是每月由书局和鲁迅各拿出一半的钱来，使用这一位青年。但正当说好的时候，这一位青年却和爱人脱离了鲁迅而走了。

这一件事情，我记得章锡琛曾在鲁迅去世的时候写过一段短短的文章；但事实却很复杂，使鲁迅为难了好几个月。从这一回事情之后，鲁迅就爱说"青年是挑了一担同情来的"趣话。不过这仅仅是一例，此外，因同情青年的遭遇，而使他受到痛苦的事实还正多着哩！

民国十八年①以后，因国共分家的结果，有许多青年，以及正义的斗士，都无故而被牺牲了。此外，还有许多从事革命运动的青年，在南京，上海，以及长江流域的通都大邑里，被捕的，正不知有多少。在上海专为这些革命志士以及失业工人等救济而设的一个团体，是共济会。但这时候，这救济会已经遭了当局之忌，不能公开工作了；所以弄成请了律师，也不能公然出庭，有了店铺作保，也不能去向法庭请求保释的局面。在这时候，带有国际性的民权保障自由大同盟，才在孙夫人（宋庆龄女士）、蔡先生（孑民）等的领导之下，在上海成立了起来。鲁迅和我，都

---

① 疑误。应为民国十六年（1927年）更确。

是这自由大同盟的发起人，后来也连做了几任的干部，一直到南京的通缉令下来，杨杏佛被暗杀的时候为止。

在这自由大同盟活动的期间，对于平常的集会，总不出席的鲁迅，却于每次开会时一定先期而到；并且对于事务是一向不善处置的鲁迅，将分派给他的事务，也总办得井井有条。从这里，我们又可以看出，鲁迅不仅是一个只会舞文弄墨的空头文学家，对于实务，他原是也具有实际干才的。说到了实务，我又不得不想起我们合编的那一个杂志《奔流》——名义上，虽则是我和他合编的刊物，但关于校对，集稿，算发稿费等琐碎的事务，完全是鲁迅一个人效的劳。

他的做事务的精神，也可以从他的整理书斋，和校阅原稿等小事情上看得出来。一般和我们在同时做文字工作的人，在我所认识的中间，大抵十个有九个都是把书斋弄得乱杂无章的。而鲁迅的书斋，却在无论什么时候，都整理得必清必楚。他的校对的稿子，以及他自己的文章，涂改当然是不免，但总缮写得非常的清楚。

直到海婴长大了，有时候老要跑到他的书斋里去翻弄他的书本杂志之类；当这样的时候，我总看见他含着苦笑，对海婴说："你这小捣乱看好了没有？"海婴含笑走了的时候，他总是一边谈着笑话，一边先把那些搅得零乱的书本子堆叠得好好，然后再来谈天。

记得有一次，海婴已经会得说话的时候了，我到他的书斋去的前一刻，海婴正在那里捣乱，翻看书里的插画。我去的时候，书本子还没有理好。鲁迅一见着我，就大笑着说："海婴这小捣乱，他问我几时死；他的意思是我死了之后，这些书本都应该归他的。"

鲁迅的开怀大笑，我记得要以这一次为最兴高采烈。听这话的我，一边虽也在高笑，但暗地里一想到了"死"这一个定命，心里总不免有点难过。尤其是像鲁迅这样的人，我平时总不会把死和他联合起来想在一道。就是他自己，以及在旁边也在高笑的景宋女士，在当时当然也对于死这一个观念的极微细的实感都没有的。

这事情，大约是在他去世之前的两三年的时候；到了他死之后，在万国殡仪馆成殓出殡的上午，我一面看到了他的遗容，一面又看见海婴仍是若无其事地在人前穿了小小的丧服在那里快快乐乐地跑，我的心真有点儿绞得难耐。

鲁迅的著作的出版者，谁也知道是北新书局。北新书局的创始人李小峰是北大鲁迅的学生；因为孙伏园从《晨报副刊》出来之后，和鲁迅、启明及语堂等，开始经营《语丝》之发行，当时还没有毕业的李小峰，就做了《语丝》的发行兼管理印刷的出版业者。

北新书局从北平分到上海，大事扩张的时候，所靠的也是鲁迅的几本著作。

后来一年一年的过去，鲁迅的著作也一年一年地多起来了，北新和鲁迅之间的版税交涉，当然成了一个很大的问题。

北新对著作者，平时总只含混地说，每月致送几百元版税，到了三节，便开一清单来报账的。但一则他的每月致送的款项，老要拖欠，再则所报之账，往往不十分清爽。

后来，北新对鲁迅及其他的著作人，简直连月款也不提，节账也不算了。靠版税在上海维持生活的鲁迅，一时当然也破除了情面，请律师和北新提起了清算版税的诉讼。

照北新开给鲁迅的旧账单等来计算，在鲁迅去世的前六七年，早该积欠有两三万元了。这诉讼，当然是鲁迅的胜利，因为欠债还钱，是古今中外一定不易的自然法律。北新看到了这一点，就四出的托人向鲁迅讲情，要请他不必提起诉讼，大家来设法谈判。

当时我在杭州小住，打算把一部不曾写了的《蜃楼》写它完来。但住不上几天，北新就有电报来了，催我速回上海，为这事尽一点力。

后来经过几次的交涉，鲁迅答应把诉讼暂时不提，而北新亦愿意按月摊还积欠两万余元，分十个月还了；新欠则每月致送四百元，决不食言。

这一场事情，总算是这样的解决了；但在事情解决，北新请大家吃饭的那一天晚上，鲁迅和林语堂两人，却因误解而起了正面的冲突。

冲突的原因，是在一个不在场的第三者，也是鲁迅的学生，当时也在经营出版事业的某君。北新方面，满以为这一次鲁迅的提起诉讼，完全系出于这同行第三者的挑拨。而忠厚诚实的林语堂，于席间偶尔提起了这一个人的名字。

鲁迅那时，大约也有了一点酒意，一半也疑心语堂在责备这第三者的话，是对鲁迅的讽刺；所以脸色变青，从座位里站了起来，大声的说：

"我要声明！我要声明！"

他的声明，大约是声明并非由这第三者的某君挑拨的。语堂当然也要声辩他所讲的话，并非是对鲁迅的讽刺；两人针锋相对，形势真弄得非常的险恶。

在这席间，当然只有我起来做和事老；一面按住鲁迅坐下，一面我就拉了语堂和他的夫人，走下了楼。

这事当然是两方的误解，后来鲁迅原也明白了；他和语堂之间，是有过一次和解的。可是到了他去世之前年，又因为劝语堂多翻译一点西洋古典文学到中国来，而语堂说这是老年人做的工作之故，而各起了反感。但这当然也是误解，当鲁迅去世的消息传到当时寄居在美国的语堂耳里的时候，语堂是曾有极悲痛的唁电发来的。

鲁迅住的景云里那一所房子，是在北四川路尽头的西面，去虹口花园很近的地方。因而去狄思威路北的内山书店亦只有几百步路。

书店主人内山完造，在中国先则卖药，后则经营贩卖书籍，前后总已有了二十几年的历史。他生活很简单，懂得生意经，并且也染上了中国人的习气，喜欢讲交情。因此，我们这一批在日本住久的人在上海，总老喜欢到他店里去坐坐谈谈；鲁迅于在上海住下之后，也就是这内山书店的常客之一。

"一·二八"沪战发生，鲁迅住的那一个地方，去天通庵只有一箭之路，交战的第二日，我们就在担心着鲁迅一家的安危。到了第三日，并且谣言更多了，说和鲁迅同住的他三弟巢峰（周建人）被敌宪兵殴伤了；但就在这一个下午，我却在四川路桥南，内山书店的一家分店的楼上，会到了鲁迅。

他那时也听到了这谣传了，并且还在报上看见了我寻他和其他几位住在北四川路的友人的启事。他在这兵荒马乱之间，也依然不消失他那种幽默的微笑；讲到巢峰被殴伤的那一段谣言的时候，还加上了许多我们所不曾听见过的新鲜资料，证明一般空闲人的喜欢造谣生事，乐祸幸灾。

在这中间，我们就开始了向全世界文化人呼吁，出刊物公布暴敌狞恶侵略者面目的工作，鲁迅当然也是签名者之一；他的实际参加联合抗敌的行动，和一班左翼作家的接近，实际上是从这一个时期开始的。

"一•二八"战事过后，他从景云里搬了出来，住在内山书店斜对面的一家大厦的三层楼上；租金比较得贵，生活方式也比较得奢侈，因而一般平时要想寻出一点弱点来攻击他的人，就又像是发掘得了至宝。

但他在那里住得也并不久，到了南京的秘密通缉令下来，上海的反动空气很浓厚的时候，他却搬上了内山书店的北面，新造好的人陆新村（四达里对面）的六十几号房屋去住了。在这里，一直住到了他去世的时候为止。

南京的秘密通缉令，列名者共有六十几个，多半是与民权保障自由大同盟有关的文化人。而这通缉案的呈请者，却是在杭州的浙江省党部的诸先生。

说起杭州，鲁迅绝端的厌恶；这通缉案的呈请者们，原是使他厌恶的原因之一，而对于山水的爱好，别有见解，也是他厌恶杭州的一个原因。

有一年夏天，他曾同许钦文到杭州去玩过一次，但因湖上的闷热，蚊子的众多，饮水的不洁等关系，他在旅馆里一晚没有睡觉，第二天就逃回上海来了。自从这一回之后，他每听见人提起杭州，就要摇头。

后来，我搬到杭州去住的时候，也曾写过一首诗送我，头一句就是"钱王登遐仍如在"；这诗的意思，他曾同我说过，指的是杭州党政诸人的无理的高压。他从五代时的记录里，曾看到过钱武肃王的时候，浙江老百姓被压榨得连裤子都没有穿，不得不以砖瓦来遮盖下体。这事不知是出在哪一部书里，我到现在也还没有查到，但他的那句诗的原意，却就系此而言。我因不听他的忠告，终于搬到杭州去住了，结果竟不出他之所料，被一位党部的先生，弄得家破人亡；这一位吃党饭出身，积私财至数百万，曾经呈请南京中央党部通缉我们的先生，对我竟做出了比敌人对待我们老百姓还更凶恶的事情，而且还是在这一次的抗战军兴之后。我现在虽则已远离祖国，再也受不到他的奸淫残害的毒爪了；但现在仍还在执掌以礼义廉耻为信条的教育大权的这一位先生，听说近来因天高皇帝远，浑水好捞鱼之故，更加加重了他对老百姓的这一种远溢过钱武肃王的德政。

鲁迅不但对于杭州没有好感，就是对他出身地的绍兴，也似乎并没有什么依依不舍的怀恋。这可从有一次他的谈话里看得出来。是他在上海住下不久的时候，有一回我们谈起了前两天刚见过面的孙伏园。他问我伏园住在哪里，我说，他已经回绍兴去了，大约总不久就会出来的。鲁迅言下就笑着说："伏园的回绍兴，实在也很可观！"他的意思，当然是绍兴又凭什么值得这样的频频回去。

所以从他到上海之后，一直到他去世的时候为止，他只匆匆地上杭州去住了一夜，而绝没有回去过绍兴一次。

预言者每不为其故国所容，我于鲁迅更觉得这一句格言的确凿。各地党部的对待鲁迅，自从浙江党部发动了那大弹劾案之后，似乎态度都是一致的。抗战前一年的冬天，我路过厦门，当时有许多厦大同学曾来看我，谈后就说到了厦大门前，经过南普陀的那一条大道，他们想呈请市政府改名"鲁迅路"以资纪念。并且说，这事已经由鲁迅纪念会（主其事的是厦门《星光日报》社长胡资周及记者们与厦大学生代表等人）呈请过好几次了，但都被搁置着不批下来。我因为和当时的厦门市长及工务局长等都是朋友，所以就答应他们说这事一定可以办到。但后来去市长那里一查问，才知道又是党部在那里反对，绝对不准人们纪念鲁迅。这事情，后来我又同陈主席说了，陈主席当然是表示赞同的。可是，这事还没有办理完成，而抗战军兴，现在并且连厦门这一块土地，也已经沦陷了一年多了。

自从我搬到杭州去住下之后，和他见面的机会，就少了下去，但每一次我上上海去的中间，无论如何忙，我总抽出一点时间来去和他谈谈，或和他吃一次饭。

而上海的各书店，杂志编辑者，报馆之类，要想拉鲁迅的稿子的时候，也总是要我到上海去和鲁迅交涉的回数多，譬如，黎烈文初编《自由谈》的时候，我就和鲁迅说，我们一定要维持它，因为在中国最老不过的《申报》，也晓得要用新文学了，就是新文学的胜利。所以，鲁迅当时也很起劲，《伪自由书》《花边文学》集里许多短稿，就是这时候的作品。在起初，他的稿子就是由我转交的。

此外，像良友书店，天马书店，以及生活出的《文学》杂志之类，对鲁迅的稿件，开头大抵都是由我为他们拉拢的。尤其是当鲁迅对编辑者们发脾气的时候，做好做歹，仍复替他们调停和解这一角色，总是由我来担当。所以，在杭州住下的两三年中，光是为了鲁迅之故，而跑上海的事情，前后总也有了好多次。

在他去世的前一年春天，我到了福建，和他见面的机会更加少了。但记得就在他作古的前两个月，我回上海，他曾告诉了我以他的病状，说医生说他的肺不对，他想于秋天到日本去疗养，问我也能够同去不能。我在那时候，也正在想去久别了的日本一次，看看他们最近的社会状态，所以也轻轻谈到了同去岚山看红叶的事。可是从此一别，就再没有和他作长谈的幸运了。

关于鲁迅的回忆，枝枝节节，另外也正还多着；可是他给我的信件之类，有许多已在搬回杭州去之先烧了，有几封在上海北新书局里存着，现在又没有日记在手头，所以就在这里，先暂搁笔，以后若有机会，或许再写也说不定。

敬悼许地山先生

　　我和许地山先生的交谊并不深，所以想述说一点两人间的往来，材料却是很少。不过许先生的为人，他的治学精神，以及抗战事起后，他的为国家民族尽瘁服役的诸种劳绩，我是无时无地不在佩服的。

　　我第一次和他见面，是创造社初在上海出刊物的时候，记得是一个秋天的薄暮。

　　那时候他新从北京（那时还未改北平）南下，似乎是刚在燕大毕业之后。他的一篇小说《命命鸟》，已在《小说月报》上发表了，大家对他都奉呈了最满意的好评。他是寄寓在闸北宝山路，商务印书馆编辑所近旁的郑振铎先生的家里的。

当时，郭沫若、成仿吾两位，和我是住在哈同路，我们和《小说月报》社在文学的主张上，虽则不合，有时也曾作过笔战，可是我们对他们的交谊，却仍旧是很好的。所以当工作的暇日，我们也时常往来，作些闲谈。

在这一个短短的时期里，我与许先生有了好几次的会晤；但他在那一个时候，还不脱一种孩稚的顽皮气，老是讲不上几句话后，就去找小孩子抛皮球，踢毽子去了。我对他当时的这一种小孩子脾气，觉得很是奇怪；可是后来听老舍他们谈起了他，才知道这一种天真的性格，他就一直保持着不曾改过。

这已经是约近二十年以前的事情了。其后，他去美国，去英国，去印度。回来后，他在燕大，我在北大教书。偶尔在集会上，也时时有了几次见面的机会，不过终于因两校地点的远隔，我和他记不起有什么特殊的同游或会谈的事情。

况且，自民国十四年以后，我就离开了北京，到武昌大学去教书了；虽则在其间也时时回到北京去小住，可是留京的时间总是很短，故而终于也没有和他更接近一步的机会。

其后的十余年，我的生活，因种种环境的关系，陷入了一个绝不规则的历程，和这些旧日的朋友简直是断绝了往来。所以一直到接许先生的讣告为止，我却想不起是在什么地方，和他握过最后的一次手。因为这一次过香港而来星洲时，明明是知道他在港大教书，但因为船期促迫，想去一访而终未果。于是，我就永久失去了和他作深谈的机会了。

对于他的身世，他的学殖，他的为国家尽力之处，论述的人，已经是很多了，我在此地不想再说。我想特别一提的，是对于他的创作天才的敬佩。他的初期的作品，富于浪漫主义的色彩，是大家所熟知的；但到了最近，他的作风，竟一变而为苍劲坚实的写实主义，却很少有人说起。

他的一篇抗战以后所写的小说，叫作《铁鱼的鳃》，实在是这一倾向的代表作品，我在《华侨周报》的初几期上，特地为他转载的原因，就是想对我们散处在南岛的诸位写作者，示以一种模范的意思。像这样坚实细致的小说，不但是在中国的小说界不可多得，就是求之于一九四〇年的英美短篇小说界，也很少有可以和他比并的作品。但可惜他在这一方面的天才，竟为他其他方面的学术所掩蔽，人家知道的不多，而他自己也很少有这一方面的作品。要说到因他之死，而中国文化界所蒙受的损失是很大的话，我想从短少了一位创作天才的一点来说，这损失将更是不容易填补。

自己今年的年龄，也并不算老，但是回忆起来，对于追悼作故的友人的事情，似乎也觉得太多了。辈分老一点的，如曾孟朴、鲁迅、蔡孑民、马君武诸先生，稍长于我的，如蒋百里、张季鸾诸先生，同年辈的如徐志摩、滕若渠、蒋光慈的诸位，计算起来，在这十几年的中间，哭过的友人，实在真也不少了。我往往在私自奇怪，近代中国的文人，何以一般总享不到八十以上的高龄？而外国的文人，如英国的哈代、俄国的托尔斯泰、法国的弗朗斯等，享寿都是在八十岁以上，这或者是和社会对文人的待遇有关的吧？我想在这一次追悼许地山先生的大会当中，提出一个口号来，要求一般社会，对文人的待遇，应该提高一点。因为死后的千言万语，总不及生前的一杯咖啡乌来得实际。

末了，我想把我的一副挽联，抄在底下：

嗟月旦停评，伯牛有疾如斯，灵雨空山，君自涅槃登彼岸。

问人间何世，胡马窥江未去，明珠漏网，我为家国惜遗才。

名家散文

鲁迅：直面惨淡的人生

胡适：天下没有白费的努力

许地山：爱我于离别之后

叶圣陶：藕与莼菜

茅盾：斗争的生活使你干练

郁达夫：夜行者的哀歌

徐志摩：我有的只是爱

庐隐：我追寻完整的生命

丰子恺：我情愿做老儿童

朱自清：热闹是它们的，我什么也没有

老舍：有朋友的地方就是好地方

冰心：繁星闪烁着

废名：想象的雨不湿人

沈从文：每一只船总要有个码头

梁实秋：烟火百味过生活

林徽因：你是人间的四月天

巴金：灯光是不会灭的

戴望舒：我的心神是在更远的地方

梁遇春：吻着人生的火

张中行：临渊而不羡鱼

萧红：我的血液里没有屈服

季羡林：微苦中实有甜美在

何其芳：紧握着每一个新鲜的早晨

孙犁：人生最好萍水相逢

琦君：粽子里的乡愁

苏青：我茫然剩留在寂寞大地上

林海音：唯有寂寞才自由

汪曾祺：如云如水，水流云在

陆文夫：吃也是一种艺术

宗璞：云在青天

余光中：前尘隔海，古屋不再

王蒙：生活万岁，青春万岁

张晓风：年年岁岁岁岁年年

冯骥才：生活就是创造每一天

肖复兴：聪明是一张漂亮的糖纸

梁晓声：过小百姓的生活

赵丽宏：闪烁在旷野里的微光

王旭烽：等花落下来

叶兆言：万事翻覆如浮云

鲍尔吉·原野：为世上的美准备足够的眼泪